Lach dich krank, das ist gesund!

*Ein Tag ohne Lachen ist
ein verlorener Tag.*

ARTHUR EVA

Lach dich krank, das ist gesund!

(.....)

Wider den tierischen Ernst: Witze,
Scherzfragen, Limericks und mehr

Ein Stimmungsaufheller für das
Leben in schweren Zeiten

Bibliografische Information der Deutschen Nationalbibliothek:
Die Deutsche Nationalbibliothek verzeichnet diese Publikation in
der Deutschen Nationalbibliografie; detaillierte bibliografische Daten
sind im Internet über dnb.dnb.de abrufbar.

© 2021 Arthur Eva
Satz, Umschlaggestaltung, Herstellung und Verlag:
BoD – Books on Demand, Norderstedt
ISBN: 978-3-7543-6905-0

Inhalt

Prolog

Der Himmel hat den Menschen als
Gegengewicht zu den vielen
Mühseligkeiten des Lebens
drei Dinge gegeben:
Die Hoffnung, den Schlaf und das Lachen.

– Immanuel Kant –

Vorbemerkungen

Der bekannte Arzt, Kabarettist, Autor und Fernsehmoderator Dr.med. Eckart von Hirschhausen veröffentlichte im *Deutschen Ärzteblatt 2/2010* den Beitrag *Lachen ist die beste Medizin*. Dieses Motto war mir schon seit den 60er Jahren bekannt. Als Anglistikstudent hatte ich den *Reader's Digest* abonniert, um mein Englisch schnell und nachhaltig zu verbessern und zu aktualisieren. Die Rubrik *Laughter is the best medicine* las ich in jeder neuen Ausgabe zuerst, sie sorgte immer sofort für *good vibrations*.

Als *assistant teacher* habe ich 1963/64 an einer englischen Schule die deutschen Konverstionsstunden zumeist mit einem Witz oder mit einer Scherzfrage angefangen, als Eisbrecher, als Auflockerungsübung und als Einstieg in das jeweilige Tagesthema, etwa zum beliebten Thema *Hunde und Katzen*. Hier ist ein Beispiel:

Herr Müller unterhält sich mit seinem Nachbarn. Er sagt: »Rex ist ein guter Hund. Er kann sogar Schach spielen.« Sein Nachbar antwortet: »Das muss ja ein sehr schlauer Hund sein.« Herr Müller erwidert: »Das glaub ich nicht. Ich gewinne meistens zwei von vier Partien.«

Als Englischlehrer habe ich dann jahrzelehntelang viele Englischstunden mit dem *joke of the day* angefangen. Vertretungsstunden waren immer Selbstläufer. Ich erzählte eingangs einen pfiffigen deutschen Witz und bat die Lernenden dann, ebenfalls Witze zu erzählen. Dann wählten wir die besten aus, um uns zum Beispiel über schwarzen

Humor oder Ostfriesenwitze zu unterhalten. Lachen ist die beste Medizin in vielen Lebensbereichen, und natürlich nicht nur beim Englischlernen und in Vertretungsstunden.

In dem oben erwähnten Artikel, *Lachen ist die beste Medizin,* den Sie ja im Internet nachlesen können, erfährt man, dass Eckart von Hirschhausen die Idee des Amerikaners Patch Adams, Clowns in Krankenhäuser zu bringen, unterstützt. Er hat im Jahre 2008 die Stiftung *Humor hilft heilen* initiiert, mit der Clowns, Ärztinnen und Ärzte sowie Pflegekräfte durch gezielte Weiterbildung gefördert werden. Eckart von Hirschhausen sagt, wer Schmerzen hat, solle etwas zu lachen haben.

Es gibt nichts Gutes, außer, man tut es. Lachen wirkt sich positiv auf Körper und Geist aus. Blättern Sie jetzt gleich einmal in diesem Buch und lesen Sie diejenigen Posten an, die Ihnen amüsant erscheinen. Lachen Sie herzhaft, damit hat dann die angestrebte Lachtherapie bereits begonnen.

Viel Spaß wünscht Ihnen Arthur Eva

Witze, Scherzfragen und mehr, von A bis Z

ABENDGEBET

Christine betet: »Lieber Gott, mache bitte Chicago zur amerikanischen Hauptstadt.« Ihre Mutter hat zugehört und fragt: »Wieso das denn?« Margot antwortet: »Das habe ich heute in meiner Erdkundearbeit geschrieben.«

ABERDEEN

Ein Mann klopft mittags an die Tür und bittet um eine Spende für das Schwimmbad. Er bekommt ein Glas Wasser.

AFFEN

Was von Affen kommt, will lausen; was von Katzen kommt, will mausen.

***

Der Religionslehrer versucht, den Schülerinnen und Schülern die Entstehung des Menschen zu erklären. Er fängt bei Adam und Eva an. Als er fertig ist, meldet sich ein Schüler und sagt: »Meine Eltern haben mir erzählt, dass wir vom Affen abstammen.« Der Lehrer erwidert, »Ich habe doch nicht von deiner Familie geredet.«

ALKOHOL

Frage: Warum trinken Mäuse keinen Alkohol?
Antwort: Weil sie Angst vor dem Kater haben.

***

Sohn: Papa, was ist ein Alkoholiker?
Vater: Der sieht alles doppelt. Siehst du die beiden Störche
dort drüben auf der Wiese?
Ein Alkoholiker würde vier Störche sehen.
Sohn: Papa, ich sehe nur einen Storch.

AMEISEN

In Hamburg lebten zwei Ameisen,
Die wollten nach Australien reisen.
Bei Altona auf der Chaussee,
Da taten ihnen die Füße weh,
Und so verzichteten sie weise
Dann auf den letzten Teil der Reise.
So will man oft und kann doch nicht
Und leistet dann ganz gern Verzicht.

– Joachim Ringelnatz –

***

Eine Frau beobachtet im Garten eine Ameise, die im Garten
ein Blatt aufhebt und wegtransportiert. Sie ist fasziniert, und
sie sagt zu ihrem Mann: «Schau mal, die Ameise kann ein Blatt

aufheben und wegtragen, das zehnmal so schwer ist, wie sie selbst. Und warum bist du nicht so stark, wie diese Ameise? Du jammerst immer, wenn du Kohlen aus dem Keller holen sollst.« Er hebt die Ameise samt Blatt auf und erwidert: «Schau mal, du Zuckerpuppe. Ich bin doch viel stärker als die Ameise.«

AMERIKA UND AMERIKANER

Frage: Warum essen Amerikaner keine Schnecken?
Antwort: Weil sie gerne Fastfood essen.

***

Zwei Amerikaner sind auf Europatour. In Paris regnet es, deshalb gehen sie in eine Kirche. Weil es nicht aufhört, zu regnen, beschließen sie, am Gottesdienst teilzunehmen.
Leider verstehen sie kein Französisch. Einer von ihnen hat eine Idee. Er sagt: »Wir schauen einfach, was der Mann vor uns macht, und dann machen wir dasselbe.«
Lange Zeit geht alles gut. Nach einem Lied sagt der Priester gegen Ende des Gottesdienstes etwas auf Französisch, und der Mann vor ihnen steht auf. Sie stehen ebenfalls auf, und die ganze Kirchengemeinde lacht.
Sie müssen wohl etwas falsch gemacht haben, aber sie wissen nicht, was. Deshalb fragen Sie beim Hinausgehen den englischsprechenden Priester, warum sie ausgelacht wurden. Letzterer sagt: »Ich habe eine Taufe angekündigt und den Vater des kleinen Mädchens gebeten, sich zu erheben.«

***

Ein amerikanischer Farmer schaut sich einen deutschen Bauernhof an. Er fragt den Landwirt: »Wie groß ist deine Ackerfläche?« Letzerer sagt: »Ungefähr so groß wie zehn Fußballfelder.«
Der Amerikaner erwidert: »That's peanuts. Wenn ich mit dem Auto um meine Ackerfläche herumfahre, brauche ich eine Stunde.« Der deutsche Landwirt lacht und sagt: »Das ist nicht verwunderlich. Ich hatte auch einmal solch einen großen, alten amerikanischen Benzinschlucker.«

***

Ein amerikanischer Multimillionär geht in eine schweizer Bank und sagt leise zum Kassierer: »Ich habe 999 000 Dollar in dieser Plastiktüte. Ich möchte ein geheimes Bankkonto bei Ihnen eröffnen.« Der Kassierer antwortet: »Warum flüstern Sie denn? Schämen Sie sich, dass Sie so arm sind?«

***

Ein Texaner schaut sich in einer deutschen Stadt ein großes Gebäude an. Er sagt zu einem Passanten, der neben ihm stehen bleibt: »Ein schönes Gebäude, aber bei uns in Texas sind solche Gebäude zehnmal so hoch. Was ist das?«
Der Passant erwidert: »Ich weiß, ihr Texaner habt immer weißere, bessere und größere Elefanten. Das ist unsere Nervenheilanstalt.«

***

Tünnes führt einen Amerikaner stundenlang kreuz und quer durch Köln. Zunächst zeigt er ihm die U-Bahn. Der Amerikaner sagt: »Das ist doch nur ein langer Tunnel. Wie lange habt ihr daran gebaut?« »Nur drei Jahre«, antwortet Tünnes. »In Amerika schaffen wir so etwas in drei Monaten«, erwidert der Amerikaner.

Was auch immer sie anschauen, der Amerikaner behauptet jedesmal, in Amerika werde so etwas besser und viel schneller bewerkstelligt.

Als sie sich dem Kölner Dom nähern, sagt der Amerikaner: »Das ist aber eine schöne Kirche. Wie lange habt ihr daran gebaut?« Tünnes reibt sich die Augen und sagt: »Ach, eine ganz neue Kapelle. Ich sehe sie zum ersten Mal. Letzte Woche war sie noch nicht da.«

AMPEL

Wo uns eine Ampel droht, hat man leider meistens Rot.

***

Ein Führerscheinneuling wird an einer Ampel geblitzt, obwohl er nicht zu schnell gefahren ist. Er fährt rechtsherum um einen Häuserblock und rollt dann ganz langsam auf die Ampel zu. Er wird erneut geblitzt. Er schüttelt den Kopf und fährt weiter.

Eine Woche später erhält er einen Brief. Der enthält zwei Bußgeldbescheide und Bilder, die beweisen, dass er nicht angeschnallt war.

***

Eine Woche später fährt er mit seiner Freundin spazieren. Sie unterhalten sich gut, und aus Versehen fährt er bei Rotlicht über eine Kreuzung. Er flucht: »Verdammt! Ich habe wohl gerade eine rote Ampel überfahren.« Seine Freundin beruhigt ihn. Sie sagt: »Mach dir keine Sorgen. Das Polizeiauto hinter uns hat die rote Ampel ebenfalls überfahren.«

ANEKDOTEN

Im Jahre 1919 zog **Lady Astor** ins Unterhaus ein. **Winston Churchill** mochte sie nicht, and sie konnte ihn auch nicht ausstehen.
Eines Tages sagte sie angeblich zu ihm: »Wenn Sie mein Mann wären, würde ich Gift in Ihren Tee schütten.« Churchill erwiderte prompt: »Und wenn Sie meine Gattin wären, würde ich ihn trinken.«

***

Eines Tages lud **Lady Astor Winston Churchill** zu einem Kostümball ein. Churchill erkundigte sich höflich: »Als was soll ich mich denn am besten verkleiden?« Lady Astor erwiderte. »Kommen Sie zur Abwechslung doch mal nüchtern.«

***

Im Jahre 1949 soll **George Bernhard Shaw Winston Churchill** zur Premiere seines Stückes *Boyant Billions (Zu viel Geld)* eingeladen haben. Er übergab ihm zwei Freikarten und sagte: »Eine für Sie, und die zweite für einen Freund, wenn Sie denn einen haben.«

Churchill erwiderte: »Am ersten Abend kann ich nicht kommen, aber zum zweiten Abend werde ich gerne kommen, wenn es denn einen zweiten Abend gibt.«

***

Auf seiner Amerikareise sagte eine amerikanische Schauspielerin zu **George Bernard Shaw,** sie wolle ein Kind von ihm haben. Das Kind würde seine Intelligenz und ihr Aussehen haben und weltberühmt werden. Shaw lehnte ab, mit der Begründung: »Und was geschieht, wenn das arme Kind mein Aussehen und Ihre Intelligenz bekommt?«

***

Der britische Schriftsteller **Graham Greene** ging an einem sonnigen Wintertag mit seinem jungen Hund an der Themse spazieren. Beim Stöckchenjagen fiel das Hundchen ins Wasser.

Greene sprang sofort hinterher und rettete seinen Hund aus dem eiskalten Wasser. Ein Passant sagte anerkennend zu ihm: »Viele Leute hätten das nicht getan.« Graham Greene erwiderte: »Ich hätte das für viele Leute auch nicht getan.«

***

Mark Twain hatte die Ehre, bei einem Bankett neben der Gemahlin des Gouverneurs am Tisch zu sitzen. Er sagte zu ihr: »Sie sehen fantastisch aus.«

Sie erwiderte: »Leider kann ich von Ihnen nicht dasselbe sagen.« Mark Twain antwortete: »Gnädige Frau, machen Sie es doch so wie ich, lügen Sie einfach.«

ARBEIT

Arbeit, geh' weg, ich komme.

***

Arbeit macht das Leben süß – aber am meisten denjenigen, die sie anderen überlassen.

***

Fang deine Arbeit munter an, dann ist sie auch schon halb getan.

– Friedrich Rückert –

***

Chef: Herr Huber, warum arbeiten Sie denn nicht?
Herr Huber: Ich habe Sie nicht kommen sehen.

***

Herr Huber kommt diese Woche zum fünften Mal zu spät zur Arbeit.
Frage: Was schließen Sie daraus?
Antwort: Es ist Freitag.

***

Journalist: Wieviele Menschen arbeiten in diesem Unternehmen?
Firmenchef: Ungefähr ein Drittel.

***

Ein Beamter schaut aus dem Fenster und sagt zum anderen: »Warum haben wir denn so einen schlechten Ruf? Wir tun doch nichts.«

***

Eine Büroangestellte sagt zu ihrer Kollgegin: »Ich weiß, wie ich unseren Chef dazu veranlassen kann, mir den Tag freizugeben.« Dann hängt sie sich mit dem Kopf nach unten von der Decke.
Als der Chef ins Büro kommt, sieht er sie, wundert sich und fragt: «Was machen Sie denn da, Frau Wankel? Sind Sie durchgeknallt?« Die Angestellte antwortet: »Nein, Sie sehen doch, dass ich eine Glühbirne bin.« Der besorgte Chef erwidert: »Frau Wankel, Sie sind überarbeitet. Nehmen Sie sich den Tag frei.«
Sie bedankt sich und geht nach Hause. Ihre Kollegin folgt ihr. Der Chef sagt: »Moment mal, Frau Mustermann, wo gehen Sie denn hin?« Sie erwidert: »Ich gehe auch nach Hause, denn im Dunkeln kann ich nicht arbeiten.«

ÄRZTE UND PATIENTEN

Der Arzt sagt zu dem ängstlichen kleinen Jungen: »So, nun sage mal ganz laut Ahhh. Ich möchte meinen Finger aus deinem Mund nehmen.«

***

Peter Müller war beim Arzt. Als er nach Hause kommt, sieht er sehr besorgt aus. Seine Frau erkundigt sich: »Na, was hat der Arzt gesagt?« Ihr Mann antwortet: »Ich soll einen Monat lang jeden Tag eine Tablette gegen Kopfschmerzen einnehmen.« Seine Frau erwidert: »Das ist doch gar nicht schlimm. Das müssen viele Leute tun.« Er antwortet: »Ja, aber er hat mir nur drei Tabletten mitgegeben.«

***

Arzt: Haben Sie meinen Rat befolgt und bei offenem Fenster geschlafen?
Patient: Ja, das habe ich getan.
Arzt: Und sind Ihre Atembeschwerden jetzt weg?
Patient: Nein, aber mein Smartphone ist weg.

***

Boxer: Herr Doktor, ich kann immer noch nicht gut einschlafen.
Arzt: Haben Sie Schäfchen gezählt?
Boxer: Ja, das habe ich. Aber immer, wenn ich bei 9 war, bin ich wieder aufgestanden.

***

Arzt: Ich kann nicht sagen, was die Ursache Ihrer Kreislaufprobleme ist, aber vielleicht liegt das am Alkohol.
Patient: Dann rufen Sie mich bitte zu Hause an, wenn Sie wieder nüchtern sind.

***

Patient: Ich kann nie durchschlafen. Jede Nacht wache ich von meinem eigenen Geschnarche auf.
Arzt: Dann legen Sie sich doch einfach in ein anderes Zimmer.

***

Patient: Ich hätte gern ein Attest, dass ich krank bin.
Arzt: Und was fehlt Ihnen?
Patient: Nur das Attest.

***

Patient: Ich leide an Gedächtniverlust. Das macht mir große Sorgen.
Arzt: Mir auch. Zahlen Sie bitte gleich bar voraus.

***

Nach einem Autounfall steigen beide Fahrer leichtverletzt aus. Der Arzt sagt: »Sie haben Glück, ich bin Arzt.« Der andere Fahrer antwortet: »Pech gehabt! Ich bin nämlich Anwalt.

***

Patient: Ich bin sehr nervös. Dies ist meine erste Operation.
Chirurg: Mir geht es ebenso. Dies ist auch meine erste Operation.

***

Ein Arzt steht an der Himmelstür und klingelt. Petrus öffnet die Tür und sagt: »Lieferanten müssen den Hintereingang benutzen.«

AUTO

Eine Polizeistreife überholt ein Auto, das auffällig langsam fährt, hält es an und fragt den Fahrer: »Sind Sie betrunken? Sie sind im Schneckentempo gefahren.«
Der Fahrer erwidert: »Nein, auf dem Schild stand *A 49*. Das ist doch die zulässige Höchstgeschwindigkeit, oder?«

Der Polizist erwidert: »Keineswegs. Was haben Sie denn auf der *A 7* gemacht?«

***

Am liebsten sehe ich ein Auto, das gerade eine Parklücke verlässt, wenn ich komme.

***

Texte nie, während du Auto fährst. Du könntest ja dein Bier verschütten.

BÄREN

Ein Verkehrspolizist hält ein Auto an, weil er einen Bären auf dem Beifahrersitz gesehen hat. Er sagt zum Fahrer: »Das ist hochgefährlich. Bringen Sie ihn schnellstens zum Zoo.«
Am folgenden Tag erwischt er denselben Fahrer mit demselben Auto, und der Bär sitzt wieder auf dem Beifahrersitz. Beide tragen Sonnenbrillen. Er hält den Wagen an und sagt zum Fahrer: «Ich habe Ihnen doch gesagt, dass Sie den Bären zum Zoo fahren sollen.« Der Fahrer lächelt und erwidert: »Danke für den nützlichen Hinweis. Wir haben viel Spaß gehabt, und heute fahren wir zum Strand.«

***

Ein Eisbär sieht einen Seehund auf einem Skateboard und denkt: »Wunderbar, Essen auf Rädern.«

BELGIER UND HOLLÄNDER

In zahlreichen belgischen Witzen werden die Niederländer als übertrieben sparsam und sogar als geizig dargestellt. Umgekehrt amüsieren die Holländer sich gern über die angeblich so dummen Belgier.

***

Frage: Woran merkt man, dass man in Holland ist?
Antwort: Wenn du Toilettenpapier auf den Wäscheleinen siehst, weißt du, dass du in Holland bist.

***

Frage: Woran erkennt man schon von weiten einen holländischen Fischkutter?
Antwort: Es sind keine Möwen in seiner Nähe zu sehen.

***

Frage: Was machen die Holländer, wenn unangemeldet zwei Leute zu Besuch kommen?
Antwort: Sie geben zwei Liter Wasser in die Suppe.

***

Zeitungskurznachricht: In Groningen stießen gestern zwei Taxis zusammen. Vierzehn Menschen wurden verletzt.

***

Frage: Wann wird Belgien den Niederlanden den Krieg erklären?
Antwort: In sieben Jahren, dann werden sie endlich unsere Witze verstehen.

***

Drei Belgier sitzen am Ufer eines Flusses in Afrika. Ein Krokodil schwimmt vorbei und zwei von ihnen beschmeißen es mit Steinen. Das Krokodil kehrt um, und sie klettern schnell auf einen Baum.
Der dritte bleibt stehen. Sie rufen ihm zu: »Lauf schnell weg, du Depp!« Er bleibt jedoch stehen und sagt, »Wieso das denn? Ich habe doch gar keine Steine geworfen.«

***

Ein Niederländer hat in Belgien ein Auto touchiert. Es ist ein wenig zerbeult. Er sagt zu dem Besitzer: »Das ist gar nicht schlimm. Pusten Sie kräftig in den Auspuff, und die Beulen sind weg.« Dann fährt er davon.
Der Besitzer bläst und bläst, aber es tut sich nichts. Ein Polizist kommt zufällig vorbei und fragt, was los ist. Der Besitzer erklärt ihm, warum er immer wieder kräftig in den Auspuff bläst. Der Polizist erwidert: »Kein Wunder, dass die Holländer glauben, wir Belgier seien dumm. Das

kann doch gar nicht funktionieren, die Fensterscheiben sind doch alle offen.«

BLIND DATE

Am Montag fragt Ulrike ihre Freundin Sonja: »Na, zufrieden mit deinem gestrigen Blind Date?« Sonja antwortet: »Ein totaler Reinfall. Ein alter Tattergreis kam mit seinem noch älteren Oldtimer vorgefahren, wir fuhren zu einem Drive-in-Restaurant, aßen einen Hamburger, und dann hat er mich zu Hause abgesetzt. Das war's.«

BLOGGER

Ein Blogger kommt frühmorgens in die Sprechstunde und sagt zu seinem Arzt: »Herr Doktor, ich habe Schmerzen am ganzen Körper. Wo ich auch hinlange, alles tut weh.« Dann tastet er mit seinem Zeigefinger seine Nase, seine Stirn und seine Beine ab, und er jammert laufend.
Der Arzt schaut sich seine rechte Hand an und sagt: »Das ist harmlos. Sie haben Ihren Zeigefinger gebrochen.«

BUMERANG

War einmal ein Bumerang;
War ein Weniges zu lang.
Bumerang flog ein Stück,
Aber kam nicht mehr zurück.

Publikum – noch stundenlang –
Wartete auf Bumerang.

– Joachim Ringelnatz –

CHINESISCH FÜR ANFÄNGER

Dieb	–	Lang Fing
Polizist	–	Lang Fing Fang
Polizeihund	–	Lang Fing Fang Wau Wau
Umleitung	–	Um Lei Tung
Blödmann	–	Zu Dum Zum
Sekretärin	–	Tai Ping
Kameramann	–	Phil Ming
Parkverbot	–	No Pah Kin

CHOR

Musikkritiker: Dies soll ein gemischter Chor sein, aber ich sehe nur Männer.
Chorleiter: Ist es doch auch. Einige können singen, andere können nicht singen.

COMPUTER

Frage: Was bekommt man, wenn man einen Elefanten und einen Computer kreuzt?
Antwort: Ein Megapowergedächtnis.

CORONAVIRUS

Das Coronavirus hat etwas geschafft, was keine Frau bisher geschafft hat – alle Kneipen mussten geschlossen werden und alle Männer mussten abends zu Hause bleiben.

***

Zwei von der Coronaviruspandemie geschädigte Gastwirte unterhalten sich. Einer sagt: »Ich bin ganz verzweifelt. Ich habe mir gerade eine Pistole gekauft.« Der andere erwidert: »Wovon denn? Du bist wohl noch nicht pleite, so wie ich.«

DDR

In totalitären Staaten haben Witze eine wichtige Ventilfunktion. Verärgerung und Unmut werden damit ausgedrückt. Humor ist, wenn man trotzdem lacht. Hier sind zwei systemkritische Äußerungen, die in der DDR kurz vor dem Mauerfall kursierten.

***

Ich wollt' ich wäre ein Pflasterstein, ich könnte längst im Westen sein.

***

Frage: Warum gibt es in der DDR keine Terroristen?
Antwort: Weil sie mindestens fünf Jahre auf ein Fluchtauto warten müssten.

DER LATTENZAUN

Es war einmal ein Lattenzaun,
mit Zwischenraum, hindurchzuschaun.
Ein Architekt, der dieses sah,
stand eines Abends plötzlich da
und nahm den Zwischenraum heraus,
und baute draus ein großes Haus.
Der Zwichenraum indessen stand ganz dumm,
mit Latten ohne was herum.

– Christian Morgenstern

DIEBEFANGROBOTER

Die Chinesen haben einen Roboter entwickelt, der Diebe fangen kann. Er wurde in Wuhan getestet, und er hat an einem Tag zehn Diebe gefangen.

Die Russen haben den Roboter in Moskau getestet, und dort hat er an einem Tag zwanzig Diebe gefangen.

Die Amerikaner haben einen Roboter gekauft und ihn in Detroit ausprobiert. Der Roboter wurde innerhalb von zehn Minuten gestohlen.

DIE POLIZEI, DEIN FREUND UND HELFER

Eine Polizistin bemerkt einen kleinen Jungen, der auf Zehenspitzen steht und versucht, an eine Haustürklingel heranzukommen. Es gelingt ihm jedoch nicht.
Sie stellt sich hinter das kleine Kerlchen und hebt den Jungen hoch. Dieser freut sich und drückt dreimal kräftig auf die Klingel. Dann sagt er: »Danke, und jetzt rennen wir beide so schnell wir können weg.«

***

Ein Polizist hält ein Auto an und fragt den Fahrer: »Bier? Schnaps? Drogen?« Der Fahrer antwortet: »Nein, danke. Aber verkaufen Sie auch Bratwürste?«

DIES UND DAS

Sprichwörter, Redewendungen, Bonmots und Einzeiler, die zum Schmunzeln und Nachdenken anregen

***

Abends werden die Faulen fleißig.
Abwarten und Tee trinken.
Der beste **Advokat** ist der schlimmste Nachbar.
Ein **Advokat** und ein Wagenrad wollen geschmiert sein.
Er sitzt wie ein **Affe** auf dem Schleifstein.
Allzuviel ist ungesund.
Auch im **Alphabet** kommt Anstrengung vor Erfolg.

Wie die **Alten** sungen, so zwitschern auch die Jungen.

Alter geht vor Schönheit.

Alter schützt vor Torheit nicht.

Wem Gott ein **Amt** gibt, dem gibt er auch Verstand.

Arbeit macht das Leben süß.

Erst die **Arbeit,** dann das Vergnügen.

Nach getaner **Arbeit** ist gut ruhen.

Arme haben Kinder, Reiche die Rinder.

Säge nicht den **Ast** ab, auf dem du sitzt.

Das passt wie die Faust aufs **Auge.**

Aus den **Augen,** aus dem Sinn.

Ich verstehe nur **Bahnhof.**

Bargeld lacht.

Dieser Witz hat einen ganz langen **Bart.**

Ein voller **Bauch** studiert nicht gern.

Was der **Bauer** nicht kennt, das isst er nicht.

Die dümmsten **Bauern** haben die dicksten Kartoffeln.

Heute könnte ich wieder **Bäume** ausreißen.

Reiße keine **Bäume** aus, nur um nachzusehen, ob
die Wurzeln noch dran sind.

Wenn der **Berg** nicht zum Propheten kommt, muss
der Prophet zum Berge gehen.

Was du heut' nicht kannst **besorgen,** verschiebe es auf
übermorgen.

Hat die Blüte einen Knick, war die **Biene** wohl zu dick.

Ich trinke **Bier,** aber nur an Tagen, die mit *...tag* enden.

Alkoholfreies **Bier** ist wie Tennis ohne Netz.

Du solltest dein Nierenbecken nicht mit zu kalten **Bieren**
necken.

Mancher schießt ins **Blaue** hinein und trifft ins Schwarze.
Unter den **Blinden** ist der Einäugige König.
Wes **Brot** ich ess', des Lied ich sing!

Mein **Computer** mag mich heute nicht, und ich habe wieder mal Angst vor der Maus.

Das kannst du halten wie ein **Dachdecker**.
Jeder Topf findet seinen **Deckel**.
Erstens kommt es zweitens anders drittens als man viertens **denkt**.
Anschauen macht Liebe, Gelegenheit macht **Diebe**.
Unter **Druck** wird Kohle zu Diamanten oder zu Staub.
Stelle eine **dumme** Frage, und du bekommst eine dumme Anwort.

Ehrgeiz und Flöhe springen gern in die Höhe.
Blinder **Eifer** schadet nur.
Eltern werden ist nicht schwer, Eltern sein
dagegen sehr.
Alles hat ein **Ende,** nur die Wurst hat zwei.

Wer höher steigt als er sollte, **fällt** tiefer als er wollte.
Eine **Frau** ohne Mann ist wie ein Fisch ohne Fahrrad.
Die reinste **Freude** ist die Schadenfreude.
Ein gewesener **Freund** ist schlimmer als ein Feind.
Es sind nicht alles **Freunde,** die einen anlachen.
Beim Gelde hört die **Freundschaft** auf.
Früher war alles leichter, ich auch.

Ein froher **Gast** ist niemals Last.

Je lieber die **Gäste,** desto schöner die Feste.

Alle **Gäste** bringen Freude – viele wenn sie kommen, und manche wenn sie gehen.

Wenn er die erste **Geige** spielt, kann er wenigstens nicht dirigieren.

Gelegenheit macht Liebe.

Kleine **Geschenke** erhalten die Freundschaft.

Einem **geschenkten** Gaul schaut man nicht ins Maul.

Wir lernen aus der **Geschichte,** dass wir nichts aus der Geschichte lernen.

Wer kein **Gesicht** hat, kann auch nicht sein Gesicht verlieren.

Allzu **gesund** ist ungesund.

Wer ein reines **Gewissen** hat, hat ein schlechtes Gedächtnis.

Wer im **Glashaus** sitzt, sollte nicht mit Steinen werfen.

Für ein **glückliches Leben** braucht man nicht mehr als Liebe, Humor und stille Reserven.

Wie **gewonnen,** so zerronnen.

Der Mensch denkt, **Gott** lenkt.

Wer andern eine **Grube** gräbt, fällt selbst hinein.

Gut gekaut ist halb verdaut.

Es gibt nichts **Gutes,** außer, man tut es.

Wenn eine **Hand** die andre wäscht, werden manchmal beide dreckig.

Mein Name ist **Hase,** ich weiß von nichts.

In der Mannschaft gibt es zu viele **Häuptlinge** und zu wenige Indianer.

Sie ist eine gute Haushälterin – jedes Mal, wenn sie sich scheiden lässt, behält sie sein **Haus.**

Der Weg zur **Hölle** ist mit guten Vorsätzen gepflastert.
Das kannst du jemandem erzählen, der seine **Hose** mit der Kneifzange zumacht.
Hühner, die viel gackern, legen wenige Eier.
Und wenn's im Leben stürmt und kracht,
Humor ist, wenn man trotzdem lacht.
Wer seinen **Hund** liebt, muss auch seine Flöhe lieben.
Er ist der Schwanz, der mit dem **Hund** wedelt.

Ein **Junggeselle** ist ein Mann, der lieber sucht als findet.

Wenn die **Katze** aus dem Haus ist, tanzen die Mäuse.
Man soll das **Kind** nicht mit dem Bade ausschütten.
Hier **klappt** heute nichts, außer der Tür.
Kleinvieh macht auch Mist.
Am kalten Büffet ist der Runde **König.**
Wer **Kreislaufprobleme** hat, sollte geradeaus laufen.
Nur wer **kriecht,** kann nicht stolpern.

Die kürzeste Verbindung zwischen zwei Menschen ist ein **Lächeln.**
Wer **langsam** trinkt, begießt sich nicht.
Es ist nicht mehr einfach, einfach zu **leben.**
Spiel doch nicht die beleidigte **Leberwurst.**
Auf dem Markt lernt man die **Leute** besser kennen als im Tempel.
Liebe ist, wenn es Spaß macht, treu zu sein.
Alte **Liebe** rostet nicht.
Die beste **Lösung** ist immer einfach. Mann muss sie nur finden.
Lügen haben kurze Beine.

Wer einmal **lügt,** dem glaubt man nicht, und wenn er auch die Wahrheit spricht.

Lust und Liebe zu einem Ding macht die schwerste Arbeit gering.

Mensch, ärgere dich nicht!
Der **Mensch** denkt, und Gott lenkt.
Der **Mensch** braucht die Tiere, aber brauchen die Tiere den Menschen?
Ich wäre abends gerne so **müde** wie morgens.

Überlasse die **Nächstenliebe** nicht dem Nächsten.
In der **Not** frisst der Teufel fliegen.

Ein **Optimist** ist jemand, der ein Kreuzworträtsel mit dem Kugelschreiber ausfüllt.
Der Pessimist sieht in jeder Chance eine Bedrohung, der **Optimist** sieht in jeder Bedrohung eine Chance.

Probieren geht über Studieren.
Ich habe eine gute Lösung. Sie passt nur nicht zu unserem **Problem.**

Rate niemandem, zu heiraten oder in den Krieg zu ziehen.
Männer haben den **Reißverschluss** erfunden, weil sie keine Geduld haben.
Rom wurde nicht an einem Tag erbaut.
2021: Football comes **Rome.**

Der Horcher an der Wand hört seine eigne **Schand.**
Faule **Schäfer** haben gute Hunde.

Herein, wenn's kein **Schneider** ist.

Den Seinen gibt's der Herr im **Schlaf.**

Kleine **Schritte** sind besser als keine Schritte.

Wer fröhlich **singt,** sein Leid bezwingt.

Wo man **singt,** da lass dich dich ruhig nieder, böse Menschen haben keine Lieder.

Mach es wie die **Sonnenuhr,** zähl die heitren Stunden nur.

50,87 Prozent aller **Statistiken** sind grober Unfug.

Wenn du nichts zu **tun** hast, tu's bitte nicht hier.

Wenn du anfängst, deinem Passbild ähnlich zu sehen, bist du **urlaubsreif.**

Was machen **Vegetarier*innen,** wenn sie eine Wurstfabrik erben?

Im **Verein** ist man nicht allein.

Verlobung – sicherstellen und weitersuchen.

Narren, Kinder und Betrunkene sagen die **Wahrheit.**

Wenn das **Wasser** in die Suppe leckt, ist das Dach wohl schlecht gedeckt.

Es ist besser, auf einem neuen **Weg** zu stolpern, als auf der Stelle zu treten.

Bei Magenleiden solltest du **Wein** aus sauren Lagen meiden.

Wer gegen den **Wind** spuckt, spuckt sich selbst ins Gesicht.

Wer zuletzt lacht, hat den **Witz** zuletzt verstanden.

Wir sind alle **Würmer,** aber du bist ein Glühwürmchen.

Wer langsam geht, kommt auch ans **Ziel.**

Der **Zwist** zwischen Liebesleuten hat nichts zu bedeuten.

DOPING

Frau des Radrennfahrers: Na, wie ist es heute gelaufen?
Radrennfahrer: Ich kam als Drittletzter ins Ziel, aber ich
habe diese Bergetappe gewonnen, weil ich als Einziger den
Dopingtest bestanden habe.

DUMM GELAUFEN

»Irren ist menschlich«, sprach der Hahn und stieg
von der Ente.

***

Frage: Ihr wart im Kino. Habt ihr euch gut unterhalten?
Antwort: Nein, die Leute neben, vor und hinter uns hatten
etwas dagegen.

***

Der Gorilla ist ein Publikumsliebling im Zoo. Leider
stirbt er eines Abends während einer Smogwetterlage in
den Armen seines Wärters. Dieser handelt schnell, stellt
sofort einen Sportstudenten ein und bringt ihm über
Nacht in einem Crashkurs bei, sich wie in ein Gorilla zu
verhalten. Dann steckt er ihn frühmorgens in ein Goril-
lakostüm.
Am folgenden Tag, als er schwungvoll von Ast zu Ast
springt, bricht ein Ast, und er landet im benachbarten
Löwengehege. Der Löwe kommt schrittweise auf ihn zu

und flüstert ihm ins Ohr: »Pscht, halt die Klappe, oder wir werden beide unseren Job los.«

***

Ein Pressefotograf sollte nach einer Sturmflut Luftaufnahmen von einem Deichbruch an der Nordseeküste machen. Der Chefredakteur seiner Zeitung hatte ihm mitgeteilt, dass auf dem Flugplatz in Deichnähe ein kleines Flugzeug für ihn bereitstehen würde. Als er dort ankam, sprang er in das Flugzeug, das startbereit auf der Startbahn stand. »Los geht's!« sagte er zum Piloten, und sie waren schon bald in der Luft.
Der Fotograf applaudierte und sagte: »Gut gemacht! Und nun fliegen Sie bitte mehrmals in zehn Meter Höhe über die Deichbruchstelle.« Der Pilot atmete tief durch und erwiderte: »Lieber Gott, stehe uns bei! Ich dachte, Sie seien der Fluglehrer.«

EHELEUTE

Die Ehe war zum jrösten Teile
vabrühte Milch und Langeweile.
Und darum wird beim Happy End
im Film jewöhnlich abjeblendt.

– Kurt Tucholsky –

***

Sie sagt: »Ich habe zwanzig Jahre lang für dich gekocht.«
Er erwidert: «Und warum ist das Essen immer noch nicht
fertig?

***

Ehefrau: Morgen ist unser zehnter Hochzeitstag. Wie sollen
wir den feiern?
Ehemann: Mit einer Schweigeminute.

***

Ein Mann bestellt in einem Blumenladen telefonisch 21
rote Rosen als Geburtstagsgeschenk für seine junge Frau.
Der Blumenhändler sagt: »Eine tolle Überraschung. Sie
wird entzückt sein.« Der Mann erwidert: »Das glaube ich
nicht. Sie erwartet eine Mittelmeerkreuzfahrt.«

***

Ehemann: Wieviele Zähne hat ein Esel?
Ehefrau: Das weiß ich nicht. Schau in den Spiegel, öffne
deinen Mund so weit du kannst und zähle nach.

***

Er: Sollen wir uns das letzte Stück Pizza teilen?
Sie: Nein, danke. Das schaffe ich schon alleine.

***

Er kommt von der Arbeit nach Hause, und sie sagt, »Ich habe den ganzen Tag das Haus und drumzu sauber gemacht.« Er erwidert: »Und warum ist die Garage noch nicht sauber?« Sie antwortet: »Und du bist immer den ganzen Tag über bei der Arbeit. Warum sind wir immer noch nicht reich?«

***

Ein Mann kommt um 4 Uhr morgens betrunken nach Hause. Seine Frau empfängt ihn mit dem Besen in der Hand. Er fragt sie: «Bist du noch am Putzen oder fliegst du gleich weg?«

***

Ein Mann wacht nach einer durchzechten Nacht mit einem Brummschädel auf. Er findet auf seinem Nachttisch einen Zettel vor, auf den steht: »Ich liebe dich. Dein Frühstück ist im Ofen. Ich bin einkaufen gegangen und gleich zurück, Julia.« Als sie wieder da ist, fragt er sie, warum sie so ungewöhnlich nett zu ihm war. Sie erwidert: »Du bist stockbesoffen nach Hause gekommen. Ich habe dich ins Schlafzimmer geschleift, und als ich versucht habe, dich auszuziehen, hast zu gelallt: ‚G…, gute Frau, b…, bitte nicht, ich bin v…, v…, verheiratet.'«

***

Ein junger Mann spricht in einem Supermarkt eine hübsche junge Frau an und sagt: »Tun Sie mir bitte einen Gefallen und unterhalten Sie sich ein wenig mit mir.«

Die junge Frau erwidert: »Wieso das denn?« Der Mann antwortet: »Ich kann meine Frau nicht finden. Aber wenn ich mich mit einer attraktiven Frau unterhalte, kommt sie immer schnell dazu.«

EISLAUFEN

Vater und Sohn sehen zu, wie ein Schlittschuhläufer auf dem frisch zugefrorenen Badesee die Zahl 7 3 / 4 auf dem Eis zurücklässt, seine Schlittschuhe abstreift und nach Hause geht.
Der Sohn sagt zu seinem Vater: »Schau mal, was der aufs Eis gezaubert hat.« Der Vater antwortet: »Hast du denn nicht gesehen, dass er ein Anfänger ist? Der schafft ja noch nicht einmal die 8.«

ELEFANTEN

Frage: Warum trinken Elefanten?
Antwort: Um zu vergessen.

***

Ich wollt' ich wär' ein Elefant, vor Wonne brüllt' ich laut; nich' wegen das schöne Elfenbein, sondern wegen die dicke Haut.

ERNÄHRUNG

Yes, ve gan.

***

Wenn's am besten schmeckt, soll man aufhören.

***

Allzuviel ist ungesund.

***

Ist der Magen satt, sind die Glieder matt.

***

Ich habe meine Ernährung umgestellt. Die Gummibärchen liegen jetzt links vom Computer.

***

Hunger ist der beste Koch.

***

Viele Köche verderben den Brei.

***

Fressen und Saufen macht die Ärzte reich.

***

Frage: Was stellt sich ein Mann unter einer ausgewogenen Ernährung vor?
Antwort: In jeder Hand ein Sixpack Bier.

***

Ein sechsjähriger Junge hat noch nie in seinem Leben ein Wort gesprochen. Eines Abends sagt er beim Essen: »Ich mag keinen Spinat.« Sein Vater ist höchst erfreut. Er fragt seinen Sohn: »Warum hast du nicht schon früher mit uns gesprochen?« Der Junge erwidert: »Weil mir bisher immer alles geschmeckt hat.«

***

Chef: Sie haben im Urlaub aber gut zugelegt.
Angestellter: Sie aber nicht. War das Essen auf dem Kreuzfahrtschiff denn so schlecht?

***

ESEL

Wenn man den Esel nennt, kommt er gerennt.

***

Wenn es dem Esel zu gut geht, geht er aufs Eis und tanzt.

***

Ein Pferd und ein Esel streiten sich darüber, welches Tier wertvoller ist. Das Pferd weist darauf hin, was Pferde im Laufe der Zeit alles geleistet haben. Der Esel erwidert: »Das ist Schnee von gestern. Die Technik hat das Pferd längst überholt, aber Esel wird es immer geben.«

FALSCHGELD

Zwei Ganoven in Bremen betreiben eine Geldfälscherwerkstatt. Bei Bedarf drücken sie auf einen Knopf der Maschine, die dann beliebig viele Hunderter ausspuckt.
Eines Tages sind es Neunziger, und sie können das Gerät nicht reparieren, es spuckt immer wieder Neunziger aus.
Am Wochenende fahren sie nach Ostfriesland und bestellen in Aurich in einer Wirtschaft zwei Glas Bier. Einer sagt zum Kellner: »Zahlen, bitte. Aber wir haben nur einen Neunziger. Ist ja dumm für so eine kleine Rechnung, aber geht das?« Der Kellner erwidert: »Kein Problem.« Er schaut sich den Schein an und sagt: »Hier sind zwei Vierziger, und etwas Kleingeld zurück.«

FERNSEHEN

Die Hausfrau liegt auf dem Sofa und schaut gebannt zu, wie ihr Lieblingskoch ein Bauernfrühstück zubereitet. Ihr Mann fragt sie: »Warum siehst du dir denn jede Kochsendung an? Du kannst doch nicht einmal ein Ei richtig kochen.« Sie erwidert: »Und warum schaust du dir montags, dienstags, mittwochs, donnerstags, freitags, samstags und sonntags von früh bis spät Fußballspiele an?«

FISCHE

Frage: Warum spielen Fische nur ungern Fußball?
Antwort: Weil sie Angst vor dem Netz haben.

***

Frage: Was kommt dabei heraus, wenn man Fische mit Rollschuhen kreuzt?
Antwort: Essen auf Rädern.

FÜHRERSCHEIN

Ein Polizist will den Führerschein eines Fahrers sehen, der viel zu schnell gefahren ist. Der Fahrer sagt: »Es tut mir leid, das geht nicht. Den Führerschein haben Sie mir doch gestern weggenommen.«

GEBURTSTAGSGESCHENK

Hans und Peter sprechen ihr Abendgebet. Peter hat am nächsten Tag Geburtstag. Er sagt so laut er kann: »Lieber Gott, schenke mir bitte ein neues Fahrrad.« Hans fragt ihn: »Warum hast du denn so laut gebetet? Gott ist doch nicht schwerhörig.« Peter antwortet: »Ja, das stimmt. Aber Großmutter ist schwerhörig.«

***

Peter: Gerd, ich rufe dich an, um dich zu meiner morgigen Geburtstagsparty einzuladen.
Gerd: Ich danke dir. Wir haben uns lange nicht gesehen, und ich komme gerne. Wo wohnst du denn jetzt?
Peter: In Birkenfeld, Oldenburger Straße 7. Drücke mit dem Ellbogen auf die Klingel.
Gerd: Wieso das denn?
Peter: Ich nehme an, dass du nicht mit leeren Händen kommst.

GELD

Coronaviruspandemiegeschädigter Hotelier: Lieber Gott, stimmt es, dass für dich tausend Jahre eine Minute sind?
Gott: Ja, das stimmt.
Hotelier: Und eine Million Euro sind ein Cent?
Gott: Ja, das stimmt auch.
Hotelier: Ich bin ruiniert. Kannst du mir eine Million Euro leihen?
Gott: Ja, kein Problem. Warte mal ein Minütchen.

GESCHWISTER

Grete: Mama, Mama, Hans hat meine Barbiepuppe kaputt gemacht.
Mama: Wie hat er das denn gemacht?
Grete: Ich hab sie ihm auf den Kopf gehauen.«

***

Grete: Hans, warum hast du mir einen Frosch ins Bett gelegt?
Hans: Weil ich im Garten keine Maus gefunden habe.

GELD

Der Richter sagt zum Angeklagten: »Sie sind des Diebstahls für nicht schuldig befunden. Sie können das Gericht nun als freier Mann verlassen.« Der Angeklagte erwidert: »Danke. Ich kann das Geld also behalten?«

GESUNDHEIT

Frage: Schafft die Gesundheitsreform mehr Gesundheit?
Gegenfrage: Glaubst du, dass Zitronenfalter Zitronen falten?

***

Ein Amerikaner, ein Engländer und ein Deutscher stehen in einer Kneipe an einer Bar und unterhalten sich über Gesundheitsprobleme. Ein Gesundbeter hat ihnen zugehört und bietet ihnen an, sie sofort zu heilen. Er behauptet, dass er sie durch Handauflegen sofort heilen kann.

Der Amerikaner sagt: »Wunderbar, ich habe einen Tennisarm, und morgen ist unser nächster Spieltag.« Der Gesundbeter legt seine Hand auf den Arm, und der Schmerz ist weg. Der Engländer bittet ihn, die Schmerzen in seinem steifen Nacken zu beseitigen, und der Gesundbeter heilt ihn sofort durch Handauflegen.

Daraufhin sagt der Deutsche: »Rühren Sie mich bloß nicht an! Ich habe meinen linken Arm gebrochen, und ich bin noch drei Wochen krankgeschrieben.«

GLÜCK

Glücklich ist, wer vergisst, was nicht mehr zu ändern ist.

***

Glück und Glas, wie leicht bricht das.

***

Glück im Spiel, Unglück in der Liebe.

***

Mit dem Glück geht es wie mit der Brille, man hat sie auf der Nase und sieht es nicht.

***

Jeder ist seines Glückes Schmied.

***

Erst drückt's, dann glückt's

GOLF

Nach der Scheidung fragt die Exfrau ihren Exmann: »Wirst du deine nächste Freundin mit meinen Golfschlägern spielen lassen?« Er antwortet: »Nein, Sarah ist Linkshänderin.«

GORILLA

Ein Gorilla geht in eine Kneipe. Er bestellt ein Bier, und der Wirt verlangt fünf Euro. Er fügt hinzu: »Schön, dass du da bist. Gorillas kehren hier nur selten ein.« Der Gorilla antwortet: »Kein Wunder, bei den Preisen.«

***

Frage: Warum haben Gorillas so große Nasenlöcher?
Antwort: Weil sie so große Finger haben.

HASEN

Ein Häschen kommt in einen Gemüseladen und fragt: »Hattu Möhrchen?« Die Verkäuferin schüttelt den Kopf und sagt: »Leider nicht, versuche es mal woanders.« Daraufhin geht das Häschen in die Hasenapotheke und fragt den Apotheker: »Hattu Möhrchen?« Der Apotheker antwortet: »Hattu Rezept?«

HIMMELSTÜR

Drei Leute sind an der Himmelstür. Sie bitten Petrus, sie in den Himmel kommen zu lassen. Petrus teilt ihnen mit, dass sie zuerst eine leichte Aufnahmeprüfung bestehen müssen. Zunächst befragt er einen Fußballfan aus dem Ruhrgebiet, und abschließend sagt er: »Buchstabiere mal das Wort *Schalke*.« Der Schalkefan buchstabiert mühelos: *S c h a l k e*. Petrus sagt: »Gut gemacht, komm rein.«
Dann befragt er eine Winzerin aus Rheinland-Pfalz. Er fordert sie auf, das Wort *Riesling* zu buchstabieren. Sie buchstabiert: *R i e s l i n g*, und sie hat die Aufnahmeprüfung bestanden.
Zuletzt befragt er einen Englischlehrer, der immer sehr viel Wert auf Rechtschreibung gelegt hat. Petrus sagt: »Buchstabiere bitte das Wort *Massachusetts*. That's peanuts for you.« Der Lehrer bekommt es nicht hin, und Petrus sagt: »Prüfung nicht bestanden. Drehe eine Ehrenrunde auf Erden und komme in einem Jahr nochmal wieder vorbei.«

***

Ein Pfarrer und ein Taxifahrer stehen an der Himmelstür, und Petrus heißt beide willkommen. Dann sagt er zum Pfarrer: »Stelle dich bei der Essensausgabe immer hinter dem Taxifahrer an.«
Der Pfarrer ist verwundert und fragt: »Wieso das denn?«
Petrus erläutert: »Hier im Himmel sind wir streng ergebnis-orientiert. Wenn du gepredigt hast, sind immer alle Leute eingeschlafen, und die Leute in seinem Taxi haben immer gebetet, wenn er zu schnell fuhr.«

***

Ein Priester und ein Rechtsanwalt stehen wartend an der Himmelstür. Petrus sagt: »Kommt rein, ihr habt beide auf Erden einen guten Job gemacht.«
Die Engel ergreifen jubelnd den Rechtsanwalt, werfen ihn hoch in die Luft und fangen ihn jauchzend wieder auf.
Niemand kümmert sich um den Priester, der ein langes Gesicht macht. Da geht Petrus auf ihn zu und tröstet ihn. Er sagt: »Mach dir nichts draus. Priester kommen jeden Tag zu uns, aber er ist dieses Jahr der erste Rechtsanwalt.«

HUNDE

Wer mit Hunden zu Bett geht, steht mit Flöhen auf.

***

Bellende Hunde beißen nicht, aber leider wissen das nicht alle Hunde.

Den letzten beißen die Hunde.

***

Hans Huber: Mein Hund spielt Schach.
Sein Nachbar: Rex muss ja sehr klug sein.
Hans Huber: Keineswegs. Ich gewinne meistens zwei von
vier Spielen.

***

In Coronazeiten haben sich viele Menschen einen Hund
angeschafft, die Müllers auch. Sein Nachbar fragt Hans
Müller: »Hat euer Dackel denn auch einen Stammbaum?«
Der neue Hundebesitzer erwidert: »Wozu das denn? Wir
wohnen doch direkt am Waldrand, und da hat er eine Rie-
senauswahl.«

***

Zwei Hunde warten geduldig vor einem Supermarkt. Der
eine sagt: »Ich heiße Rex, und wie heißt du?« Der andere
erwidert: »Das weiß ich nicht genau, aber ich meine, ich
heiße Platz oder Sitz.«

***

Ein Mann kommt zum Psychiater und sagt: »Ich glaube,
ich bin ein Hund. Können Sie mir helfen?« Der Psychiater

erwidert: »Na, dann legen Sie sich doch erstmal bequem auf das Sofa.« Der Mann sagt ganz traurig: »Nein, das darf ich doch nicht.«

***

Ein Mann hat seinen Hund zum Pokerabend mitgebracht. Rex gewinnt fast jedes Spiel. Ein Mitspieler fachsimpelt. Er kommentiert: »Kein Wunder, dass wir kaum eine Chance haben. Sein Pokerface ist Weltklasse. Aber hat er denn gar keine Schwäche?«
Der stolze Hundebesitzer antwortet: »Doch, immer wenn er ein gutes Blatt hat, wedelt er mit dem Schwanz.«

***

Ein Hund sieht ein Arbeitsplatzangebot im Schaufenster eines Computerladens: »Bewerber müssen schreibgewandt und zweisprachig sein.«
Der Hund geht in das Geschäft und sagt, er wolle gerne diesen Job haben. Der Ladenbesitzer erwidert: »Na, mal seh'n was du kannst.«
Der Hund schreibt innerhalb von zwei Minuten einen fehlerfreien Geschäftsbrief, und der Ladenbesitzer sagt, »Ausgezeichnet, aber ich kann mir nicht vorstellen, dass du zweisprachig bist.« Der Hund sagt, »Miau, miau!«, und er bekommt den Job.

***

Ein Bauer wird nachts um drei von seinem schrillenden

Telefon aufgeweckt. Jemand sagt mit ärgerlicher Stimme: »Ich kann nicht schlafen. Ihr Hund bellt schon die ganze Nacht.« Dann legt der Anrufer auf. Der Bauer schreibt sich die Telefonnummer des Anrufers auf. In der folgenden Nacht um drei ruft er ihn an und sagt: »Guten Morgen. Ich will Ihnen nur sagen, dass ich gar keinen Hund habe.«

IGEL

Frage: Was sagen Igel, wenn sie sich küssen?
Antwort: Autsch!

IRLAND UND IREN

Ein Ire versucht schon eine halbe Stunde lang einen Parkplatz zu finden. Er betet: »Lieber Gott, wenn du mir zu einem Parkplatz verhilfst, werde ich kein Guinness mehr trinken und jeden Sonntag in die Kirche gehen.«
Da sieht er einen freien Parkplatz, und er sagt: »Schon erledigt, ich habe gerade einen leeren Parkplatz gefunden.«

***

Frage: Woraus besteht ein irisches Fünfgängemenu?
Antwort: Aus einem Sixpack Guinness und fünf Kartoffeln.

***

In einem irischen Dorf spricht ein deutscher Tourist einen kleinen Jungen an und sagt: »Es regnet schon zwei Wochen lang ununterbrochen. Hört der Regen hier denn nie auf?« Der Junge erwidert: »Woher soll ich das denn wissen? Ich bin doch erst sieben Jahre alt.«

***

In Liverpool bestellt sich ein Engländer in einem Pub ein Bier und sagt zum Wirt: »Ich kenne einen neuen Irenwitz.« Der Wirt unterbricht ihn und sagt: »Ich bin Ire, und die meisten anderen Leute in diesem Raum sind auch Iren.« Der Engländer erwidert: »Macht nichts, ich werde ganz langsam sprechen, wenn ich den Witz erzähle.«

JUNGGESELLEN

Warum Junggesellen lieber Bier trinken, als zu heiraten:
- Bier verlangt keine Gleichberechtigung.
- Bier kommt nie zu spät.
- Bier hat nie Kopfschmerzen.
- Bier wartet geduldig im Auto, während man Fußball spielt.

KAKERLAKEN

Eine Frau ruft eine Zoohandlung an und sagt, »Schicken Sie mir umgehend 273 Kakalaken.« Der Ladenbesitzer ist erstaunt und fragt: »Merkwürdig. Wozu brauchen Sie die denn?«

Die Frau erläutert: »Ich ziehe morgen aus meiner Wohnung aus, und im Mietvertrag steht, dass ich die Wohnung in demselben Zustand zurücklassen muss, in dem ich sie beim Einzug vorgefunden habe.«

KAMELE

Ein deutscher Tourist erkundet die Sahara. Er möchte gern mal auf einem Kamel reiten. Der Kamelbesitzer ermutigt ihn und sagt: »Das ist ganz einfach. Sagen Sie *wau,* und das Kamel geht los. Sagen Sie *wau wau,* und es rennt.«

Er reitet los, und eine Zeit lang geht alles gut, aber dann sagt er versehentlich *wau wau wau.* Er weiß nicht, wie er das Kamel anhalten soll, aber das Kamel hält von sich aus gerade noch rechtzeitig einen halben Meter vor einen steilen Abhang an. Der Tourist blickt nach unten, ist fasziniert und ruft bewundernd aus *wauuuu!*

***

Kleines Kamel: Mama, warum haben wir so einen großen Höcker?

Kamelmutter: Das ist unser Wasserspeicher. In der Wüste ist es heiß, und wir können oft tagelang nichts trinken.

Kleines Kamel: Und warum haben wir denn solch ein dickes Fell?

Kamelmutter: Nachts ist es in der Wüste sehr kalt.

Kleines Kamel: Mama, warum sind wir denn hier im Zoo?

***

Frage: Worin besteht der Unterschied zwischen einem Kamel und einem Mann?

Antwort: Ein Kamel kann eine Woche lang arbeiten, ohne zu trinken, und ein Mann kann eine Woche lang trinken, ohne zu arbeiten.

KÄNGURUS

Frage: Was bekommt man, wenn man Kängurus mit Elefanten kreuzt?

Antwort: Tiefe Löcher überall in Australien.

***

In Sydney fragt ein amerikanischer Tourist einen Polizisten: «Kann ich in dieser Stadt Kängurus sehen?« Der Polizist antwortet: »Das hängt davon ab, wie betrunken Sie sind.«

***

In Australien unterhält sich ein amerikanischer Farmer mit einem australischen Farmer. Der Australier zeigt dem

Amerikaner stolz seine riesige Farm. Der Amerikaner sagt: »Das ist gar nichts. Meine Farm in Texas ist zehnmal so groß.«

Dann sehen sie ein Känguru, das durch die Gegend hüpft. Der Texaner reibt sich die Augen, und der Australier sagt: »Aber schau mal, unsere Heuschrecken sind hundertmal so groß wie eure.«

KATZEN

Frauen behaupten, dass Männer wie Katzen seien. Wenn man sie ruft, kommen sie nicht gleich. Sie bleiben die ganze Nacht lang weg, und wenn sie früh morgens nach Hause kommen, wollen sie in Ruhe gelassen werden und schlafen.

***

Eine Katze geht ins Fitnessstudio. Der Fitnesstrainer fragt sie: «Muschi, was willst du denn hier?« Die Katze antwortet, «Mir wurde erzählt, dass man sich hier einen Muskelkater holen kann.»

KELLNER

Gast: Herr Ober, in meiner Suppe ist ein Haar.
Kellner: Was haben Sie denn erwartet? Eine Perücke?

***

Gast: Herr Ober, nehmen Sie Ihre Finger aus der Suppe!
Kellner: Machen Sie sich keine Sorgen, sie ist nicht heiß.

***

Gast: Herr Ober, dieses Wasser ist grau und trüb.
Kellner: Das stimmt nicht. Das Wasser ist klar und sauber,
das Glas ist schmutzig.«

***

Gast: Herr Ober, haben Sie Froschschenkel?
Kellner: Nein, so gehe ich immer.

***

Gast: Herr Ober, haben Sie Froschschenkel?
Kellner: Natürlich.
Gast: Dann hüpfen Sie mal in die Küche und bringen Sie
mir ein Bauernfrühstück.

***

Gast: Herr Ober, werden die Tischdecken hier denn nie
ausgetauscht?
Kellner: Keine Ahnung, ich arbeite hier erst seit drei Wochen.

KIRCHGANG

Oma: Julia, schön, dass du mit in die Kirche gekommen bist. Was hat dir denn besonders gefallen?
Julia: Alles war schön, aber ich habe mich besonders gefreut, als alle ganz laut *Hallo Julia* gesungen haben.

KUH

Frage: Was kommt dabei heraus, wenn man eine Kuh und eine Krake kreuzt?
Antwort: Eine Kuh, die sich selbst melken kann.

LASTWAGENFAHRER

Ein Lastwagenfahrer hat seinen Schwerlaster auf einer Raststätte geparkt. Er geht rein und bestellt sich einen Hamburger, einen Apfel und ein Glas Bier.
Drei Biker kommen rein. Einer schlingt seinen Hamburger herunter, der zweite isst genüsslich seinen Apfel und der dritte trinkt sein Bier ex.
Der Trucker sagt kein Wort, um keinen Streit zu bekommen, zahlt und geht. »So ein Feigling!« sagt ein Biker. Die Kellnerin nickt und sagt: »Ja, das stimmt. Er ist gerade zwei Meter rückwärts gefahren, und er hat eure Motorräder demoliert.«

LEBENSERWARTUNG

Ein Engländer und ein Russe unterhalten sich angeregt in einer Kneipe. Der Engländer sagt: »Mein Großvater hat jeden Tag zwölf Gläser Gin getrunken, und er wurde 98 Jahre alt.«
Der Russe sagt: »In unserer Famlilie trinken wir Wodka immer direkt aus der Wodkaflasche, und mein Großvater wurde 107 Jahre alt.«

LEBENSFROHE LIEDER

Singen Sie lebensfrohe, stimmungsaufhellende Lieder lautstark alleine unter der Dusche, gemeinsam im Familien- und Freundeskreis oder bei anderen geeigneten Anlässen.

***

Beispiel eines bekannten und beliebten Evergreens:

O, du schöner Westerwald
Heute wollen wir marschier'n,
einen neuen Marsch probier'n,
in dem schönen Westerwald,
ja da pfeift der Wind so kalt.
O, du schöner Westerwald,
über deine Höhen pfeift der Wind so kalt,
jedoch der kleinste Sonnenschein
dringt tief ins Herz hinein.
Und die Grete und der Hans

geh'n des Sonntags gern zum Tanz,
weil das Tanzen Freude macht
und das Herz im Leibe lacht.
O, du schöner Westerwald, …
Ist der Tanz dann vorbei,
gibt es meistens Schlägerei,
und dem Bursch, den das nicht freut,
sagt man, er hat keinen Schneid.
O, du schöner Westerwald, …

***

Mein Tipp: Singen Sie in ihrem Familien- und Freundes-
kreis bekannte Ohrwürmer, zum Beispiel:
- Auf de schwäbsche Eisebahne
- Bolle reiste einst zu Pfingsten
- De Hamborger Veermaster
- Die Tiroler sind lustig
- Ein Heller und ein Batzen
- Es tanzt ein Bi-Ba-Butzemann in unserm Haus herum
- Freut euch des Lebens
- Hopp, hopp, hopp, Pferdchen lauf Galopp
- Jetzt kommen die lustigen Tage
- Laß doch der Jugend ihren Lauf
- Meine Oma fährt im Hühnerstall Motorrad
- O du lieber Augustin
- Wenn der Pott nun aber ein Loch hat

LOST IN TRANSLATION

… gar nicht erst versuchen, es geht in diesen Fällen wahrscheinlich gar nicht.

***

Question: What do **aliens** *(außerirdische Wesen)* eat on Sundays?
Answer: Unidentified frying objects.

***

Limerick:
There was an old man with a **beard**
    Who said, «It's just as I feared,
    Two owls *(Eulen)* and a hen,
Four larks *(Lärchen)* and a wren *(Zaunkönig),*
Have all built their nests in my beard.«

***

Question: What did the **bison** say to his son when he emigrated to Australia?
Answer: Bye, son.

***

Question: What did the **cat** do when it lost its tail?
Answer: It went to a retail store *(Einzelhandelsgeschäft)*.

***

Question: What do **chimpanzees** drink?
Answer: Chimpantea.

***

Question: Why did the football manager fire *(entlassen)* **Cinderella** *(Aschenbr*ödel*)?*
Answer: Because she ran from the ball.

***

A **cow** that can play a musical instrument is a mooosician.

***

Question: Where do **cows** go when they have a day off?
Answer: To the mooooovies.

***

Question: What's the **difference** between the German football team and a tea bag *(Teebeutel)?*
Answer: The tea bag stays in the cup a little longer.

***

Question: What is the difference between an iceberg and a clothes brush *(Kleiderbürste)*?
Answer: An iceberg crushes *(zertrümmert)* boats and a clothes brush brushes coats *(Mäntel)*.

***

Question: What do you call a **dinosaur** that is snoring *(schnarchend)*?
Answer: A dinosnore.

***

T-Shirt: Beware of the **duck!** – *Statt: Beware of the dog.*

***

Question: Where do **ducks** go when they are sick?
Answer: They go to the ducktor.

***

Question: What did Adam say to **Eve** on the 24th of December?
Answer: It's Christmas, Eve. – *Christmas Eve = Heiligabend*

***

I'm on a sea**food** diet. Whenever I see **food,** I eat it.

***

After watching **football** on TV all day, a Liverpool fan falls asleep on the couch at ten o'clock. After midnight his wife wakes him up and says, «Mike, it's five to one.«
He opens his eyes and says. «For Liverpool, I hope.«

***

Question: Where do **hamburgers** dance?
Answer: At meat balls.

***

Limerick:
There was a young **lady** of Kent
Who said she knew what it meant
    When young men took her to dine,
    Gave her whiskey and wine.
She knew what it meant, but she went.

***

A German walks into a bar in New York and orders a **martini.** The bartender asks him, «Dry?« The German replies, «No, thank you. One is quite enough.«

***

Question: Where do the cleverest **parrots** *(Papageien)* live?
Answer: In the brain forest.

***

Question: What do **polar bears** *(Eisbären)* have
for lunch?
Answer: Ice burgers.

***

Robots eat micro-chips, and at dinner time they have a
megabyte.

***

Question: How do you start a **teddy bear** race?
Answer: Ready, teddy, go!

***

Don't marry a **tennis player.** To him love means nothing.
– Love = null; Beispiel: love – fifteen

***

Vitamin Sea!

MÄUSE

Frage: Bringen schwarze Katzen Unglück?
Antwort: Ja, aber nur, wenn du eine Maus bist.

***

Eine Katze hat im Garten eine Mäusefamilie aufgescheucht. Die Mäuse flüchten. Als die Katze sie fast eingeholt hat, dreht sich der Mäusevater um und schreit: »Wau, wau, wau.«

Die Katze stoppt, dreht sich um und flüchtet. Der erleichterte Mäusevater lacht und sagt zu seinen Kindern: »Da seht ihr mal, wie wichtig Fremdsprachen sind.«

MUTTER UND TOCHTER

Mutter: Was du heute kannst besorgen, das verschiebe nicht auf morgen.

Tochter: Einverstanden, dann gib mir heute schon die ganze Tafel Schokolade.

***

Julia: Mama, ich schenke dir eine hübsche Vase zum Geburtstag.

Mutter: Aber ich habe doch schon eine hübsche Vase.

Julia: Nein, ich habe sie gerade fallen lassen.

MUTTER UND SOHN

Mutter: Fritzchen, in der Schachtel waren noch drei Kekse, und jetzt ist nur noch ein Keks drin. Warum wohl?

Fritzchen: Den habe ich nicht gesehen.

***

Fritzchen: Mama, weißt du wo die Alpen sind?
Mutter: Aber Fritzchen, warum verlierst du denn immer alles?

ÖLSCHEICH

Der Sohn eines arabischen Ölscheichs studiert in Heidelberg. Er ruft seinen Vater an und sagt: »Vater, ich schäme mich. Ich fahre mit meinem Sportwagen zur Uni, und die meisten meiner Professoren und Mitstudenten kommen mit dem Bus.«
Sein Vater erwidert: »Mach dir keine Sorgen. Ich überweise dir heute 300 000 Euro. Kaufe dir auch einen schönen Bus.«

ORDEN WIDER DEN TIERISCHEN ERNST

Im Jahre 2000 wurde in Aachen angeblich erwogen, dem chinesischen Botschafter den Orden wider den tierischen Ernst zu verleihen, weil er den damaligen Bundespräsidenten Johannes Rau immer mit *Helau* angesprochen hatte.

PANDAS

Frage: Warum lieben Pandas alte Filme?
Antwort: Weil es Schwarzweißfilme sind.

***

Frage: Was ist schwarz und weiß, schwarz und weiß, schwarz und weiß?
Antwort: Ein Panda, der von einem Hügel herunterrollt.

PAPAGEIEN

Eine Frau bringt den Papagei zurück in die Zoohandlung, in der sie ihn gekauft hat und will ihn zurückgeben, weil er noch kein Wort gesagt hat. Der Papagei unterbricht sie und sagt zum Ladenbesitzer: »Ich habe bisher noch keine Gelegenheit dazu gehabt.«

***

Hinweisschild: Vorsicht vor dem Papagei, er kann den Hund rufen.

***

Bei einer Auktion bietet ein Mann mit, als ein wunderschöner Papagei versteigert wird. Der Vogel gefällt ihm so sehr, dass er lange mitbietet und schließlich für 330 Euro den Zuschlag erhält.
Als er zahlt, sagt er zum Auktionator: »Ein Prachtexemplar. Ich hoffe, dass dieser Papagei auch sprechen kann.« Der Auktionator erwidert: »Das kann er. Haben Sie denn nicht bemerkt, dass er bis 300 mitgeboten hat?«

PASSWORD

Jemand hat mein E-Mail-Password geknackt. Deshalb musste ich heute meinen Dackel umbenennen.

PINGUINE

Ein Pinguin geht in eine Kneipe und fragt den Wirt: »Haben Sie meinen Bruder gesehen?« Der Wirt fragt zurück: »Wie sieht der denn aus?«

***

Frage: Warum heiraten Pinguine nicht?
Antwort: Weil sie im letzten Moment immer kalte Füße bekommen.

PFARRER

Ein Pfarrer wird von der Polizei angehalten, weil er auffällig langsam fährt. Er öffnet das Fenster, und der Polizist sieht eine leere Weinflasche auf dem Beifahrersitz. Er fragt: »Hochwürden, haben Sie Alkohol getrunken?«
Der Pfarrer schaut auf die leere Flasche, schüttelt den Kopf und sagt: »Das ist ein Wunder. Der liebe Gott hat gerade wieder einmal Wasser in Wein verwandelt.«

PFERDE

Wenn der Reiter nichts taugt, hat das Pferd schuld.

***

Frage: Was fressen Rennpferde?
Antwort: Fastfood.

***

Ein Hamburger macht Urlaub in einem kleinen Dorf in der Lüneburger Heide. Am Sonntagvormittag geht er in die Kneipe, um ein Bierchen zu trinken.
Als ein Pferd hereinspaziert kommt, einen Whiskey bestellt, diesen genüsslich schlürft, bezahlt und die Kneipe wieder verlässt, ist er sprachlos. Die ortsansässigen Kneipenbesucher haben jedoch noch nicht einmal aufgeblickt.
Deshalb fragt er einen von ihnen: »Ist euch denn gar nichts aufgefallen? Ich habe noch nie ein Pferd gesehen, das zum Frühschoppen in die Kneipe geht!« Sein Gesprächspartner überlegt einen Augenblick, dann antwortet er: »Das ist Bauer Burmeisters Pferd. Hansi kommt jeden Sonntag zum Frühschoppen. Aber da Sie mich fragen, auffällig war, dass er heute keinen doppelten Whiskey bestellt hat.«

***

Zwei Rennpferde unterhalten sich. Das eine sagt: »Ich habe sieben der letzten zehn Rennen gewonnen.« Das andere sagt: »Und ich habe siebzehn der letzten zwanzig Rennen gewonnen.«

Ein Greyhound hat zugehört. Er sagt: »Nicht schlecht, aber ich habe dieses Jahr alle meine neunzig Rennen gewonnen.«

Das eine Rennpferd sagt zum anderen: »Das ist erstaunlich, ein Greyhound, der sprechen kann!«

POLITIKER

Ein Spitzenpolitiker beklagt sich bei seiner Frau über die Lügen, die die Medien und seine politischen Gegner über ihn verbreiten. Sie lacht und sagt: »Sei doch froh, dass sie nicht die ganze Wahrheit kennen.«

POLIZEI

Ein Betrunkener tastet nachts auf einem unbeleuchteten Parkplatz die Autodächer ab. Jemand will ihm helfen und fragt ihn: »Was suchen Sie denn auf den Autodächern?«

Der betrunkene Mann lallt: »I... i... ich s ... suche m... mein Au ... Au ... Auto.« Der hilfsbereite Mann erwidert: »So geht das nicht. Die Autodächer sind doch alle glatt.«

Der Betrunkene antwortet: »I ... i... im P... P... Prinzip r... richtig, a... aber auf m... meinem Auto i... ist ein B... B... Bl ... Blaulicht.«

RABENNEST

Zwei Knaben, jung und heiter,
Die tragen eine Leiter.
Im Nest die jungen Raben,
Die werden wir gleich haben.
Da fällt die Leiter um im nu,
Die Raben sehen munter zu.

– Wilhelm Busch –

RACHE

Boris hat gerade seinen Führerschein gemacht. Eines Morgens kommt er mit einem brandneuen Sportwagen nach Hause. Sein Vater fragt ihn: »Wo hast du den denn her?« Boris antwortet: »Ich habe ihn vor fünf Minuten für zehn Euro gekauft.«
Sein Vater glaubt ihm nicht, und er sagt: »Du spinnst wohl. Wo hast du den denn geklaut?« Daraufhin erzählt Boris ihm, wie er in den Besitz des Autos gekommen ist:
»Ich war mit dem Fahrrad auf dem Wege nach Hause. In der Sudetenstraße war eine Frau am Rasenmähen. Sie hielt mich an und fragte, ob ich einen neuen Sportwagen für zehn Euro kaufen wolle. Ich schaute mir den Wagen an, war begeistert, gab ihr zehn Euro und fuhr nach Hause.«
Sein Vater glaubt ihm immer noch nicht, deshalb fahren sie gemeinsam zu der Frau, damit der Vater sie befragen kann. Sie ist immer noch im Garten, und sie bestätigt, dass sie den Sportwagen tatsächlich für zehn Euro verkauft hat. Sie erläutert: »Sie wundern sich, warum? Um acht Uhr

habe ich eine Email von meinem Mann erhalten. Er ist ein Geschäftsmann, und er hatte mir erzählt, dass er eine dringende Geschäftsreise machen müsse. Er ist jedoch mit seiner Sekretärin nach Florida geflogen, und er beabsichtigt nicht, zu mir zurückzukehren. Er hat mich beauftragt, seinen Sportwagen schnellstmöglich zu verkaufen und ihm das Geld zu überweisen. Genau das habe ich gerade getan.«

RATTEN

Frage: Was ist der Unterschied zwischen Ratten und Menschen?
Antwort: Ratten lernen aus Erfahrung.

RAUCHEN

Ein Rentner hat sich ein kleines Wochenendhaus angeschafft. Er hat sich einen ausrangierten Eisenbahnwagen gekauft, ihn am Waldrand aufgestellt und komfortabel eingerichtet.
Am Samstag besuchen seine Skatbrüder ihn erstmals dort. Es regnet in Strömen, und als sie ankommen, steht er mit einem Regenschirm draußen vor der Tür, eine Zigarette rauchend. Sie fragen ihn, warum er draußen raucht, und er erwidert: »Ich habe dummerweise einen alten Nichraucherwagen gekauft.«

REH

Im Park

Ein ganz kleines Reh stand am ganz kleinen Baum
still und verklärt wie im Traum.
Das war des Nachts elf Uhr zwei.
Und dann kam ich um vier
morgens wieder vorbei.
Und da träumte noch immer das Tier.
Nun schlich ich mich leise – ich atmete kaum –
gegen den Wind an den Baum,
und gab dem Reh einen ganz kleinen Stips.
Und da war es aus Gips.

– Joachim Ringelnatz –

ROBOTER

Unser Roboter hat uns jahrelang treu gedient. Nun ist er
gestorben. Auf seinem Grabstein wird zu lesen sein:
ROSTE IN FRIEDEN

RUSSISCHER NEUREICHER

Ein neureicher Russe will ein neues Auto kaufen. Der Au-
tohändler ist überrascht und fragt: »Vitaly Vysotzki, wieso
das denn? Sie haben doch erst gestern einen nagelneuen

Sportwagen gekauft.« Vitaly Vysotzki erwidert: »Toller Flitzer, aber der Aschenbecher ist schon voll.«

SCHAFE

Arzt: Haben Sie Schäfchen gezählt, wie ich es Ihnen empfohlen habe?
Patient: Ja, Herr Doktor, ich habe bis 999 999 gezählt.
Arzt: Und sind Sie eingeschlafen?
Patient: Nein, Herr Doktor. Um sechs Uhr musste ich aufstehen.

***

Eine Schulklasse möchte vom Heideschäfer Hinrichs etwas über Schafe erfahren. Der Schäfer fängt mit einer Frage an: »Was meint ihr, wieviele Schafe hier grasen?«
Wie aus der Pistole geschossen sagt ein Schüler: »111.« Der Schäfer nickt mit dem Kopf und sagt: »Richtig, und wie hast du das so schnell rausbekommen?« Der Schüler antwortet: »Ganz einfach, ich habe die Beine gezählt und das Ergebnis durch 4 geteilt.«

SCHMERZEN

Alter Mann: Herr Doktor, mein linkes Bein schmerzt.
Arzt: Das ist bei Menschen in Ihrem Alter nicht ungewöhnlich.

Alter Mann: Und wie kommt es, dass mein rechtes Bein nicht schmerzt? Es ist doch ebenso alt.

SCHUHE

Zwei Schulfreunde begegnen sich beim Ehemaligentreffen. Der eine hat einen braunen und einen schwarzen Schuh an. Das erregt die Aufmerksamkeit und Verwunderung seines Klassenkameraden. Der fragt: »Was hast du denn für komische Schuhe an?«
Der andere erwidert: »Wieso denn komische Schuhe? Sind die nicht schön? Zu Hause hab' ich noch so'n Paar.«

SCHULE

Frage: Was ist der Unterschied zwischen Gott und einem Lehrer?
Antwort: Gott weiß alles, und ein Lehrer weiß alles besser.

***

Lehrer: Franz, hat dein Vater dir bei deinen Hausaufgaben etwas geholfen?«
Franz: Nein, er hat sie ganz allein geschafft.

***

Fritzchen: Kann ich für etwas bestraft werden, das ich nicht gemacht habe?

Lehrer: Natürlich nicht.
Fritzchen: Ich habe meine Hausaufgaben nicht gemacht.

***

Fritzchen hat im Diktat das Wort *Tiger* klein geschrieben. Der Lehrer gibt das Diktat zurück und sagt: »Fritzchen, ich habe euch doch beigebracht, dass man alles, was man anfassen kann, groß schreiben muss.« Fritzchen antwortet: »Ich würde nie einen Tiger anfassen.«

***

Fritzchen: Papa, kannst du auch im Dunkeln schreiben?
Vater: Kein Problem, was soll ich denn schreiben?
Fritzchen: Unterschreibe bitte eben mal mein Zeugnis.

***

Mathe bei Klose geht in die Hose.

***

Klose: Die Mathearbeit ist sehr schlecht ausgefallen. Mehr als 30 Prozent von euch haben unter dem Strich geschrieben.
Klassensprecher: Aber so viele sind wir doch gar nicht.

***

Frage: Womit muss ein Mathematiklehrer beim Skifahren rechnen?

Antwort: Er muss mit Brüchen rechnen.

***

Der Schulrat hat seinen Besuch in der Dorfschule angesagt, und der Lehrer ist ganz verzweifelt, weil er weiß, dass seine Schülerinnen und Schüler nur wenig bei ihm gelernt haben. Daher spricht er am Tage vorher mit ihnen die Fragen ab, die er stellen wird, und er sagt ihnen, was sie jeweils antworten müssen.

Zunächst geht alles gut, und der Schulrat ist sehr zufrieden. Am Ende der Stunde spricht er einen Jungen an, der noch gar nichts gesagt hat. Er fragt ihn: »Wie heißt du?« Der Junge antwortet: »Hans.« Dann will der Schulrat wissen, wo er wohnt, und Hans antwortet: »Um die Ecke.« Der Schulrat wird ungeduldig und fragt: »Und was macht dein Vater? Antworte doch mal mit einem vollständigen Satz.« Hans zögert einen Augenblick, erinnert sich, was er auswendig gelernt hat, und dann sagt er: »Der alte Hund liegt auf dem Sofa und schläft.«

***

Der Lehrer bittet die Schüler, zu schätzen, wie hoch die Schule ist. Fritzchen meldet sich und sagt: »Etwas weniger als zwei Meter.« Der Lehrer wundert sich und fragt: »Wie kommst du denn darauf?« Fritzchen antwortet: »Ich mag die Schule nicht. Sie steht mir bis zum Hals.«

***

Lehrer: Fritzchen, warum weinst du denn?

Fritzchen: Weil ich zur Schule gehen muss, bis ich 16 bin.

Lehrer: Und deshalb weinst du? Ich muss zur Schule gehen, bis ich 65 bin.

***

Fritzchen kommt zu spät zur Schule. Er läuft schnell die Treppe hoch und überholt dabei den Schuldirektor. Der ruft: »Fünf Minuten zu spät!« Fritzchen dreht sich um und sagt: »Ich auch, Herr Direktor.«

***

Am Abendgymnasium verspätet sich ein Lernender. Der Lehrer will wissen, warum. Der junge Mann erläutert: »Ich habe mir im Fernsehen das Fußballpokalfinale angeschaut, und das ging in die Verlängerung.«

***

Heinrich Hinterhuber geht jeden Freitag zur Abendschule. Er fragt seinen Nachbarn, wer Dostojewski ist. Der Nachbar gibt zu, dass er keine Ahnung hat. Heinrich Huber sagt lächelnd: »Dostojewski ist ein weltberühmter russischer Schriftsteller. Er hat *Die Brüder Karamazow* und *Schuld und Sühne* geschrieben.«

Daraufhin fragt sein Nachbar ihn: »Und weißt du, wer Wladimir Zaslavsky ist?« Heinrich Hinterhuber muss eingestehen, dass er es nicht weiß. Der Nachbar sagt: »Das ist unser Gärtner. Er pflegt freitags gegen Abend immer unseren Garten, und wenn er fertig ist, erteilt er deiner Frau kostenlosen Russischunterricht.«

SCHWARZER HUMOR

Schwarzer Humor thematisiert Makabres, Groteskes und Tabubereiche wie Verbrechen, Krankheit, Leiden und den Tod. Er ist oft schaudererregend und/oder frivol. Schlimmstenfalls ist schwarzer Humor geschmacklos und kränkend, bestenfalls wirkt er befreiend und erleichternd. Er kann ein wohltuendes Lachen über ein trauriges Thema herbeiführen. Es folgen einige Beispiele, in denen auf humorvolle Weise ein herzhaftes Lachen hervorgerufen werden kann – oder auch nicht. Was halten Sie davon?

***

Ins Gras beißen, das ist auch für Vegetarier kein Vergnügen.

***

John MacDonald liegt auf seinem Sterbebett. Seine sparsame und fürsorgliche Frau Betty will vor Ladenschluss noch schnell zum Wochenendeinkauf gehen. Bevor sie weggeht, streichelt sie liebevoll seinen rechten Arm und sagt: »Lieber John, vergiss bitte nicht, die Kerze auszublasen, bevor du stirbst.«

***

Der Kanibalenhäuptling geht alleine aushäusig essen. Als er nach Hause kommt, fehlt sein rechtes Bein. Seine Frau fragt ihn: »Was ist dir denn zugestoßen?« Er sagt: »Ich war in einem Selbstbedienungsrestaurant.«

SCHWERHÖRIG

Zwei alte Männer sitzen auf einer Parkbank. Der eine sagt: »Schau mal, ich habe ein neues Hörgerät. Es war sehr preiswert, made in China.« Sein Freund fragt ihn: »Und was hast du dafür bezahlt?« Der stolze Besitzer des Hörgeräts antwortet: »Ja, es wird allmählich Frühling.«

***

Patient: Herr Doktor, ich brauche ein neues Hörgerät.
Arzt: Ist es dringend?
Patient: Ich bin immer noch nicht geimpft. Impfen Sie?

SCHWIMMEN

Der Klassenlehrer der 9b fragt den neuen Schüler: »Boris, kannst du schwimmen?« Boris antwortet: »Nein, aber ich kann in drei Sprachen um Hilfe rufen.«

SHERLOCK HOLMES

Sherlock Holmes und Dr. Watson übernachten auf einem Zeltplatz. Mitten in der Nacht weckt Sherlock Holmes Watson auf und sagt: »Watson, schau mal nach oben und sage mir, was du siehst.«

Watson blickt nach oben und sagt begeistert: »Wunderbar! Ich sehe die Milchstraße.« »Und was folgerst du daraus?« fragt der Detektiv. Watson erwidert: »Wir sind bei Regenwetter eingeschlafen und haben jetzt einen wolkenlosen Himmel.« Sherlock Holmes erwidert: »Du alter Trottel, jemand muss unser Zelt gestohlen haben.«

STAUBSAUGER

Ein Staubsaugervertreter klingelt, und die Hausfrau öffnet die Tür. Er sagt: »Ich möchte Ihnen unseren zuverlässigen Allesstaubsauger vorführen.« Und er verteilt einen mitgebrachten Beutel Schmutz auf dem weißen Wohnzimmerteppich.

Die Frau ist entsetzt. Sie befürchtet, dass ihr schöner Teppich nie wieder ganz sauber wird. Der Vertreter erwidert: »Machen Sie sich keine Sorgen. Ich verspreche Ihnen, wenn unser Allesschlucker den Schmutz nicht im Nu entfernt, lecke ich den Rest mit der Zunge ab.«

Die Frau geht in die Küche und sagt: »Ich hole Ihnen etwas Senf.« Der Vertreter lacht und erwidert: »Das ist kein Problem. Dieses Gerät kann auch den Senf problemlos aufsaugen.«

Die Frau schmunzelt und sagt: »Guten Appetit! Der Senf

ist nicht zum Aufsaugen, sondern eine kleine Aufleckhilfe. Wir haben heute nämlich einen totalen Stromausfall.«

STILBLÜTEN

Stilblüten sind Aussagen, die durch eine doppeldeutige Wortwahl, durch Versprecher, Satzbaufehler oder andere Fehlgriffe ungewollt komisch sind, zum Beispiel in Schüleraufsätzen (neuerdings wohl gendergerecht in Schüler*innenaufsätzen?) und in der Behördensprache.

***

Aufsatz: Die Magd melkte die Kuh am Ufer des Flusses. Im Wasser war es umgekehrt.
Leider bekomme ich keine Katze, weil meine Mutter einen Vogel hat.
Ich liebe Fremdsprachen, und ich möchte später Tollmetscherin werden.
Hinweisschild: Die Innenstadt wird zur Verhinderungen von Straftaten durch die Polizei videoüberwacht.
Wenn ich groß bin, möchte ich als Polizist tätlich werden.
Lehrer: Für solche faulen Ausreden müsst ihr euch einen Dümmeren suchen.
Die Alm liegt in großer Höhe im Gebirge. Die Sennerin und der Senner bleiben im Sommer monatelang dort. Im Herbst wird abgetrieben.
Im Zoo waren viele Affen. Mein Onkel war auch dabei.
Wenn unsere Mutter große Wäsche macht, helfen wir ihr. Wir tragen sie in den Garten und hängen sie auf.

Als der Jäger den dicken Bauch von Rotkäppchens Groß-mutter sah, wusste er Bescheid.

In England ist die Königin meistens eine Frau.

Eine Halbinsel ist eine halbfertige Insel.

Der Mond ist kleiner als die Erde. Das ist wohl so, weil er so weit weg ist.

Meine Oma muss ihre Pillen immer ein halbe Stunde bevor es wehtut einnehmen.

Am Rande unserer Stadt gibt es zwei Strebergärten.

Siegfried hatte an seinem Körper eine verletzliche Stelle, die aber nur Kriemhilde kannte.

Die Christen wollen, dass sich alle Menschen lieben, und das tun sie auch andauernd.

Straßenhändler verrichten ihr Geschäft draußen.

Nonnen können nicht austreten. Sie müssen zeitlebens im Kloster bleiben.

Julia nimmt jeden Tag eine Pille, damit sich ihre Eltern keine Sorgen machen.

Hinweisschild: Baden auf eigene Gefahr. Die Gemeinde übernimmt keine Verantwortung für Umfälle.

Empfehlung: Bei Kuhmilchunverträglichkeit sollte die Mutter abstillen.

Befund: Der Patient verliert zunehmend an Gewicht.

STÖRCHE

Frage: Warum fliegen Störche im Herbst in den Süden?
Antwort: Zu Fuß wäre es zu weit.

***

Die Lehrerin behandelt im Biologieunterricht die Stelzvögel. Sie sagt einführend: »Liebe Kinder, den Storch kennt ihr bestimmt.« Gretchen fängt an zu kichern und sagt: »Liebe Frau Liebetrau, an den Storch glauben wir doch schon lange nicht mehr.«

***

STUDENT*INNENWOHNHEIM

Am Anfang des Semesters erläutert die Heimleiterin die Regeln. Sie sagt: »Das Studentinnenwohnheim ist für Studenten ab zehn Uhr tabu. Studenten, die gegen diese Regel verstoßen, müssen 10 Euro Bußgeld bezahlen, beim zweiten Mal 50 Euro, und beim dritten Mal 100 Euro. Noch irgendwelche Fragen?« Ein Student meldet sich und fragt: »Und was kostet eine Semesterdauerkarte?«

TAUSI

Ein einsamer alter Mann hat sich in der Coronaviruslockdownphase statt eines Hundes einen Tausendfüßler gekauft. Tausi wohnt in einem Schuhkarton. Eine halbe Stunde vor Beginn der nächtlichen Ausgangssperre öffnet der Mann den Deckel und fragt: »Tausi, möchtest du mich auf meinem Spaziergang im Park begleiten?«
»Ja, gerne, aber warte noch ein Weilchen«, erwidert sein neuer Wegbegleiter. Nach zehn Minuten wird der

alte Mann ungeduldig und fragt: »Tausi, wo bleibst du denn?«

Der Tausendfüßler erwidert: »Sei doch nicht so ungeduldig. Ich muss mir nur noch neunzig Schuhe anziehen.«

TENNIS

Frage: Warum spielen Fische nicht gern Tennis?
Antwort: Sie haben Angst vor dem Netz.

***

Frage: Was ist der Unterschied zwischen Tennis und Bungeejumping?
Antwort: Beim Tennis hat man zwei Aufschläge.

***

Zum Saisonauftakt kommt ein neues Vereinsmitglied in Tennisschuhen splitternackt auf den Tennisplatz. Der Spartenleiter hüllt ihn schnell in eine Decke und sagt: »Sind Sie durchgeknallt? Dies ist doch kein Nacktbadestrand.«

Der Mann erwidert: »Ich habe doch nur das Hinweisschild beachtet, auf dem steht: *TENNISPLÄTZE NUR MIT TENNISSCHUHEN BETRETEN.*«

TRINKEN

Arzt: Ihnen geht es schlecht, weil Sie zu viel Alkohol trinken.
Patient: Ich möchte gerne eine Zweitmeinung einholen.
Arzt: Die kann ich Ihnen auch geben. Sie rauchen zu viel.

ÜBERGEWICHT

Arzt: Stellen Sie sich bitte mal auf die Waage. Gut so, sehen Sie, Sie wiegen 93 Kilo. Und nun schauen Sie bitte auf diese Tabelle. Sie haben eindeutig Übergewicht.
Patient: Das glaube ich nicht. Ich bin nur 40 Zentimeter zu klein.

UNVERHOFFT

Ein Fußballfan hat im letzten Moment noch eine Eintrittskarte zu einem Bundesligaspitzenspiel bekommen. Er ist enttäuscht, denn sein Sitzplatz ist weit entfernt vom Spielfeld. Er sieht jedoch kurz vor dem Anpfiff einen unbesetzten Sitzplatz in Spielfeldnähe.
Er fragt den Mann links von dem freien Platz, ob der Platz besetzt ist, und der Mann erwidert: »Nein, der ist frei. Er gehört meiner Frau. Sie ist leider unerwartet verstorben.«
Der Fußballfan erwidert: »Das tut mir leid. Konnten Sie denn keinen Freund oder Verwandten finden, der stattdessen zuschaut?«

Der Man antwortet: »Nein, ich habe es versucht, aber die wollten alle zur Beerdigung gehen.«

VOGEL

Ein Mann steht vor der Haustür eines Mehrfamilienhauses. Als er den Briefträger sieht, fragt er ihn: »Können Sie mir sagen, ob in diesem Haus ein gewisser Vogel wohnt?« Der Brieftrager erwidert: »Ja, natürlich! Ganz oben rechts, Sperling heißt er.«

WAHRSAGER

Lehrer: Ich bin ein Wahrsager.
Schüler: Das glauben wir nicht.
Lehrer: Doch! Wahr, wahr, wahr.

***

Wahrsager: Ich sage Ihnen eine Pechsträhne von sieben Jahren voraus.
Kunde: Und danach?
Wahrsager: Dann gewöhnen Sie sich daran.

***

Eine Frau will herausfinden, wie ihre Zukunft aussieht. Sie sagt zum Wahrsager: »Boris, Peter und Oskar wollen mich heiraten. Wer wird der Glückliche sein?«

Der Wahrsager antwortet: »Sie werden Peter heiraten. Boris und Oskar werden die Glücklichen sein.«

***

Hans Huber geht zu einem Wahrsager. Der Wahrsager informiert ihn: »Ich werde gleich Ihre Handfläche ansehen, und Sie bekommen drei Fragen für 50 Euro beantwortet.« Hans Huber willigt ein und fragt: »Fragen worüber?« Der Wahrsager antwortet: »Über alles.« »Aber ist das nicht zu teuer?« fragt der Kunde. Der Wahrsager antwortet: »Mag schon sein. Und wie lautet Ihre dritte Frage?«

***

Ein Mann geht zur Wahrsagerin. Sie schaut sich seine Handinnenflächen genau an und sagt: »Sie sind der Vater von drei Kindern.«
Der Mann schüttelt den Kopf und sagt: »Das stimmt nicht. Ich bin der Vater von vier Kindern.« Die Wahrsagerin erwidert: »Das ist was Sie denken!«

***

König Heinrich der Schreckliche fragte seinen Wahrsager: »Wie lange werde ich noch leben?« Der Wahrsager fürchtete um sein Leben, denn der König hatte seinen Vorgänger hinrichten lassen, als dieser ihm etwas Unangenehmes prophezeit hatte.
Deshalb sagte er: »Majestät, Ihr werdet drei Tage nach mir sterben.« Daraufhin bekam er eine lebenslange Jobgarantie.

Zudem wurden drei Leibwächter beauftragt, ihn Tag und Nacht zu beschützen. Und so lebten sie beide glücklich bis an ihr Lebensende.

WEIHNACHTEN

Frage: Warum können Weihnachtsbäume nicht nähen? Antwort: Sie lassen andauernd ihre Nadeln fallen.

***

Fritzchen: Mama, wann ist Weihnachten?
Mutter: Noch ziemlich lange. Warum fragst du?
Fritzchen: Ich will nur wissen, wann ich wieder anfangen muss, brav zu sein.

***

Der Weihnachtsmann klopft drei Tage vor Weihnachten an die Tür. Ein kleines Mädchen öffnet die Tür, und der Weihnachtsmann fragt sie, was sie sich zu Weihnachten wünscht.
Das Mädchen schaut ihn verwundert an und sagt: »Lieber, guter Weihnachtsmann, liest du denn nicht regelmäßig deine Emails? Ich habe dir doch gestern zugemailt, dass ich mir eine Barbiepuppe, Turnschuhe und ein neues Smartphone wünsche.«

WETTER

Kräht der Hahn auf dem Mist, ändert sich das Wetter, oder es bleibt, wie es ist.

*****

Am Wandertag erblickt der Lehrer in der Lüneburger Heide eine Schafherde. Als er sieht, dass der Schäfer kopfschüttelnd nach Westen blickt, bittet er seine Schüler, anzuhalten, geht auf den Schäfer zu und fragt: »Kündigen die aufziehenden Wolken Regen an?«
Der Schäfer antwortet: »Jein. Heute Nacht fällt strichweise Regen. Morgen früh klart es auf, und wir können im Tagesverlauf mit 8 bis 10 Stunden Sonnenschein rechnen, bei einer Tageshöchsttemperatur von etwa 21 Grad.«
Der Lehrer ist erstaunt und fragt: »Und woher wissen Sie das so genau?« Der Schäfer erwidert: »Ich habe mich vor fünf Minuten schlaugegoogelt.«

*****

Opa Albert besucht seine Enkelin Sarah. Er fragt sie: »Sarah, habt ihr die Zeitung von heute?« Sie antwortet: »Opa, du bist aber altmodisch. Wir leben doch im 21. Jahrhundert. Du kannst mein iPad haben.« »Nein, danke,« erwidert Opa Albert. »Damit kann ich nicht einmal den Wetterbericht lesen.«

WITZE

Frage: Wann lacht eine Frau über die Witze ihres Mannes?
Antwort: Nur wenn Besuch da ist.

WÜRMER

Frage: Was ist schlimmer, als ein Wurm im Apfel?
Antwort: Einen halben Wurm vorzufinden.

**

Der frühe Vogel fängt den Wurm, aber der wäre noch am Leben, wenn er nicht so früh aufgestanden wäre.

**

ZAHLEN

Die 0 sagt zur 8: »Hast du aber einen engen Gürtel!«

ZEBRA

Zwei Esel sehen einen Fußgängerüberweg. Der eine schlägt vor: »Hier können wir sicher die Straße überqueren.« Der andere schüttelt den Kopf und sagt: »Lieber nicht, schau mal, was mit dem Zebra geschehen ist!«

Stimmungsaufhellende zitierfähige Zitate

Humorvolle und geistreiche Zitate, die nicht nur zum Schmunzeln, sondern auch zum Nachdenken anregen

Jeder Anlass zur Fröhlichkeit entspannt den Körper und das Gemüt. Lächeln hat eine tröstliche und heilsame Wirkung. Jedesmal, wenn man schmunzelt, entspannt sich der Körper, und insbesondere die Gesichtsmaskulatur. Genießen Sie die *good vibrations,* die entstrehen, wenn Sie schmunzeln.

***

Die **Abwesenden** haben immer Unrecht.

– Casanova –

Der Pastor baut den **Acker** Gottes und der Arzt den Gottesacker.

– Georg Christoph Linchtenberg -

Wirklich unersetztlich in der Menschheitsgeschichte sind nur **Adam und Eva.**

– Mark Twain –

Ich bin nicht mehr jung genug, um **alles** zu **wissen.**

–Oscar Wilde –

Tages **Arbeit!** Abends Gäste! Saure Wochen! Frohe Feste.

– Johann Wolfgang von Goethe –

Bemüh dich nur und sei hübsch froh, der Ärger kommt schon sowieso.

– Wilhelm Busch –

Der Mensch, will er **auf etwas pfeifen,** darf sich im Tone nicht vergreifen.

– Eugen Roth –

Nicht in ferne Zeiten verliere dich; den **Augenblick** ergreife, er ist dein.

– William Shakespeare –

Ausdauer wird früher oder später belohnt, meistens später.

– Wilhelm Busch –

Wer **Bäume** setzt, obwohl er weiß, dass er nie in ihrem Schatten sitzen wird, hat zumindest angefangen, den Sinn des Lebens zu begreifen.

– Rabindranath Tagore –

Die Natur ist ein sehr gutes **Beruhigungsmittel.**

– Anton Tschechow –

Gib das **Beste** und mach das Leben zum Feste.

– Johann Wolfgang von Goethe –

Wer sich selbst nicht zum Besten halten kann, der ist gewiss nicht von den **Besten.**

– Johann Wolfgang von Goethe –

Bier ist der Beweis, dass Gott uns liebt und will, dass wir glücklich sind.

– Benjamin Franklin –

Mit nichts verderben die Deutschen mehr Zeit als mit dem **Biertrinken.**

– Otto von Bismarck –

Bigamie ist eine Frau zu viel. Monogamie ist dasselbe.

– Oscar Wilde –

Ich ließ mir meine **Bildung** nie durch die Schule beeinträchtigen.

– Mark Twain –

Besuch ist wie Fisch, nach drei Tagen stinkt er.

– Benjamin Franklin –

Ein **Blumenkohl** ist ein Kohl mit Hochschulbildung.

– Mark Twain –

Ein **Bock** ist jenes Tier, welches auch als Bier getrunken werden kann.

– Wilhelm Busch –

Ich kann niemandem etwas lehren, ich kann ihn nur zum **Denken** bringen.

– Sokrates –

Mein Kind, ich hab es klug gemacht, ich habe nie über das **Denken** nachgedacht.

– Johann Wolfgang von Goethe –

Wie wohl ist dem, der dann und wann sich etwas Schönes **dichten** kann!

– Wilhelm Busch –

Erfahrung ist der Name, den wir unseren Irrtümern geben.

– Oscar Wilde –

Eifersucht ist eine Eigenschaft, die mit Eifer sucht, was Leiden schafft.

– Friedrich Schleiermacher –

Einfachheit ist die höchste Form der Vollendung.

– Leonardo da Vinci –

Entscheide lieber ungefähr richtig als genau falsch.

– Johann Wolfgang von Goethe –

Entspanne dich. Lass das Steuer los. Trudle durch die Welt. Sie ist so schön.

– Joachim Ringelnatz –

Zu viel **Erfolg** irritiert die besten Freunde.

– Oscar Wilde –

Fehler sind Lernchancen.

– Arthur Eva –

Wenn wir keine **Fehler** hätten, würde es uns nicht so viel Vergnügen bereiten, sie an anderen zu bemerken.

– Horaz –

Wer nach **Fehlern** sucht, wird selbst im Paradies welche finden.

– Henry David Thoreaux –

Die **Fliege,** die nicht geklappt sein will, setzt sich am sichersten auf die Klappe selbst.

– Georg Christoph Lindenberg –

Die glücklichsten **Frauen,** wie auch die glücklichsten Nationen, haben keine Geschichte.

– George Eliot –

Nur der mit Leichtigkeit, mit Lust und **Freude** die Welt sich zu erhalten weiß, der hält sie fest.

– Bettina von Arnim –

Des Lebens ungemischte **Freude** ward keinem Irdischen zuteil.

– Friedrich Schiller, Der Ring des Polykrates –

Die **Freundschaft,** die der Wein gemacht, wirkt wie der Wein nur eine Nacht.

– Friedrich von Logau –

Wer was schaffen will, muss **fröhlich** sein.

– Theodor Fontane –

Fische und **Gäste** stinken nach drei Tagen.

– Benjamin Franklin –

Er war so **gebildet,** dass er ein Pferd in neun Sprachen benennnen konnte, und so dämlich, dass er eine Kuh kaufte, um auf ihr zu reiten.

– Benjamin Franklin –

Kummer, sei lahm! Sorge, sei blind. Es lebe das **Geburtstagskind.**

– Theodor Fontane –

Gläubiger haben ein besseres **Gedächtnis** als Schuldner.

– Benjamin Franklin –

Dumme **Gedanken** hat jeder, nur der Weise verschweigt sie.

– Wilhelm Busch –

Es ist das Schicksal von **Genies,** unverstanden zu bleiben. Aber nicht jeder Unverstandene ist ein Genie.

– Ralph Waldo Emerson –

Dass uns eine Sache fehlt, sollte uns nicht davon abhalten, alles andere zu **genießen.**

– Jane Austen –

Wahrer Reichtum besteht nicht im Besitz, sondern im **Genießen.**

– Ralph Waldo Emerson –

Es ist besser, zu **genießen** und zu bereuen, als zu bereuen, dass man nicht genossen hat.

– Giovanni Boccacio –

Die **Geschichte** lehrt die Menschen, dass die Geschichte die Menschen nichts lehrt.

– Mahatma Gandhi –

Sei vorsichtig, wenn du **Gesundheitsratgeber** liest, du könntest an einem Druckfehler sterben.

– Mark Twain –

Die Nachricht, dass ich **gestorben** bin, ist reichlich übertrieben.

– Mark Twain –

Aber hier, wie überhaupt, kommt es anders, als man **glaubt.**

– Wilhelm Busch –

Kehr in dich zurück, ruh in dir selber aus, so fühlst du das höchste **Glück.**

– Friedrich Rückert –

Glück hat auf die Dauer doch zumeist wohl nur der Tüchtige.

– Helmuth von Moltke –

Die höchste Form des **Glücks** ist ein Leben mit einem gewissen Grad an Verrücktheit.

– Erasmus von Rotterdam –

Wer freudig tut und sich des Getanen freut, ist **glücklich.**

– Johann Wolfgang von Goethe –

Auf **Goethe** kann ich nicht verzichten, der kann viel besser als ich dichten.

– Arthur Eva –

Tue nicht, was dein **Guru** tut, tue was dein Guru sagt.

– Osho –

Das **Gute** – dieser Satz steht fest– ist stets das *Böse,* das man läßt.

– Wilhelm Busch –

Willst du immer weiter schweifen?
Sieh, das **Gute** liegt so nah.
Lerne nur das Glück ergreifen,
denn das Glück ist immer da.

– Johann Wolfgang von Goethe –

Du kannst viel **Gutes** bewirken, indem du einfach den Mund hältst.

– Gertrude Stein –

Die **Henne** ist das klügste Geschöpf im Tierreich. Sie gackert erst, nachdem sie das Ei gelegt hat.

– Abraham Lincoln –

Ernst ist das Leben, **heiter** ist die Kunst.

– Friedrich Schiller –

So mancher meint, ein gutes **Herz** zu haben, und hat nur schwache Nerven.

– Marie von Ebner-Eschenbach –

Wer viel Bier trinkt, schläft gut.
Wer gut schläft, sündigt nicht.
Und wer nicht sündigt,
kommt in den **Himmel**.

– Martin Luther –

Die **Hochzeitsreise** – der erste Versuch, der Eherealität zu entgehen.

– August Strindberg –

Zu viel **Honig** und zu viel Ehre bekommt dir nicht.

– Bibel, Sprüche –

Aller **Humor** fängt damit an, dass man die eigene Person nicht mehr so ernst nimmt.

– Hermann Hesse –

Die **Jugend** von heute liebt den Luxus, hat schlechte Manieren, verachtet die Autorität, hat keinen Respekt vor älteren Leuten und schwatzt, wo sie arbeiten sollte.

– Sokrates –

Wer etwas **kann,** tut es auch. Wer nichts kann, wird Lehrer *(neuerdings gendergerecht:* Lehrer*in).

– George Bernhard Shaw –

Wo kriegten wir die **Kinder** her, wenn der Klapperstorch nicht wär'?

– Wilhelm Busch –

Zwei Dinge sollten **Kinder** von ihren Eltern bekommen: Wurzeln und Flügel.

– Johann Wolfgang von Goethe –

Wenn die **Kinder** klein sind, treten sie uns in den Schoß, und wenn sie groß sind, ins Herz.

– Annette von Droste-Hülshoff –

Ein **Klassiker** ist ein Buch, das alle gelesen haben wollen, aber niemand lesen möchte.

– Mark Twain –

Da steh ich nun, ich armer Tor,
Und bin so **klug** als wie zuvor.

– Goethe, Faust I –

Der **Kluge** lernt aus allem und von jedem, der Dumme weiß alles besser.

– Sokrates –

Ein **Kluger** bemerkt alles, ein Dummer macht über alles eine Bemerkung.

– Heinrich Heine –

Der Vorteil der **Klugheit** liegt darin, dass man sich dumm stellen kann. Das Gegenteil ist schon schwieriger.

– Kurt Tucholsky –

Die schnellste Art und Weise, einen **Krieg** zu beenden ist, ihn zu verlieren.

– George Orwell –

Am liebsten erinnern sich Frauen an die Männer, mit denen sie **lachen** konnten.

– Anton Tchechow –

Der Duft eines Pfannnkuchens bindet mehr ans **Leben** als alle philosophischen Argumente.

– Georg Christoph Lichtenberg –

Wer sein **Leben** genießt, wird bald von seiner Frau zur Rede gestellt.

– Henrik Ibsen –

Meistens hat, wenn zwei sich scheiden, eine*r etwas mehr zu **leiden**.

– Wilhelm Busch; gendergerecht aktualisiert; lustig? –

Ein Tröpflein **Liebe** ist mehr wert, als ein ganzer Sack voll Gold.

– Friedrich von Bodelschwingh –

Der Liebenden Streit die **Liebe** erneuert.

– Terenz –

Um einen **Liebesbrief** zu schreiben, musst du anfangen, ohne zu wissen, was du sagen willst, und endigen, ohne zu wissen, was du gesagt hast.

– Jean Jacques Rousseau –

Eine **Lüge** wird zur Wahrheit, wenn man sie oft genug erzählt.

– Wladimir Iljitsch Lenin –

Es gibt drei Arten von **Lügen:** Lügen, verdammte Lügen und Statistiken.

– Mark Twain; auch Benjamin Disraeli zugeschrieben –

Ein **Mann** ist leicht zu erforschen, die Frau verrät ihr Geheimnis nicht.

– Immanuel Kant –

Ein wahrhaft großer **Mann** wird weder einen Wurm zertreten noch vor dem Kaiser kriechen.

– Benjamin Franklin –

Der **Mensch** ist, was er isst. –

– Ludwig Feuerbach –

Wahrscheinkich ist der **Mensch** der König aller Tiere, denn seine Grausamkeit übertrifft die ihrige.

– Leonardo da Vinci –

Als Gott den **Menschen** erschuf, war er bereits müde. Das erklärt manches.

– Mark Twain –

Unter hundert **Menschen** liebe ich nur einen, unter hundert Hunden neunundneunzig.

– Marie von Ebner-Eschenbach –

Wenn es keine schlechten **Menschen** gäbe, gäbe es keine guten Juristen.

– Charles Dickens –

Diese **Mode** ist so hässlich, dass man sie alle sechs Monate ändern muss.

– Oscar Wilde –

Verschiebe nicht auf **morgen,** was auch bis übermorgen Zeit hat.

– Mark Twain –

Musik wird oft nicht schön befunden, weil sie stets mit Geräusch verbunden.

– Wilhelm Busch –

Es fehlt in deinem Wortregister mein werter **Name** – nun, da ist er.

– Wilhelm Busch –

Durch die **Natur** wird das Herz der Menschen gemildert und besänftigt.

– Adalbert Stifter –

Der ist kein freier Mensch, der sich nicht auch einmal dem **Nichtstun** hingeben kann.

– Cicero –

Wie herrlich ist es, nichts zu tun, und dann vom **Nichtstun** auszuruhn.

– Heinrich Zille –

Ein Mädchen und ein Gläschen Wein kurieren alle **Not.** Und wer nicht trinkt und wer nicht küsst, der ist so gut wie tot.

– Johann Wolfgang von Goethe –

Ich weiß überall in der Lebenswüste irgendwo eine schöne **Oase** zu finden.

– Heinrich Heine –

Der **Onkel,** der Gutes mitbringt, ist besser als eine Tante, die bloß Klavier spielt.

– Wilhelm Busch –

Ein Hauptzug aller **Pädagogik:** Unbemerkt führen.

– Christian Morgenstern –

Das **Paradies** ist da, wo ich bin.

– Voltaire –

Das **Paradies** der Erde liegt auf dem Rücken der Pferde.

– Friedrich von Bodenstedt –

Ach, es ist doch ein saures Brot, das **Philosophenprofessorenbrot.**

– Arthur Schopenhauer –

Wer Tiere **quält,** ist unbeseelt.

– Johann Wolfgang vonn Goethe –

Das **Rauchen** aufzugeben ist die leichteste Sache der Welt. Ich spreche aus Erfahrung, ich habe es nämlich schon tausende Male versucht.

– Mark Twain –

Ein Bauer zwischen zwei **Rechtsanwälten** ist wie ein Fisch zwischen zwei Katzen.

– Benjamin Franklin –

Eine gute **Rede** hat einen guten Anfang und ein gutes Ende, und beide sollten möglichst dicht beieinanderliegen.

– Mark Twain –

Solange man **redet,** erfährt man nichts.

– Marie von Ebner-Eschenbach –

Was für **Redner** sind wir nicht, wenn der Rheinwein aus uns spricht!

– Gottfried Ephraim Lessing –

Die goldene **Regel** ist, dass es keine goldenen Regeln gibt.

– George Bernhard Shaw –

Wenn das Essen nach der **Revolution** nicht besser schmeckt als vor der Revolution, wird die Revolution ein Fehler gewesen sein.

– Leo Trotzki –

Rotwein ist für alte Knaben eine von den besten Gaben.

– Wilhelm Busch –

Gesegnet seien diejenigen, die nichts zu **sagen** haben und den Mund halten.

– Oscar Wilde –

Ein **Scherz** ist ein Loch, aus dem die Wahrheit pfeift.

– Chinesisches Sprichwort –

Solange es **Schlachthäuser** gibt, so lange wird es Schlachtfelder geben.

– Leo Tolstoi –

Die ganz **Schlauen** können um fünf Ecken sehen und nicht geradeaus blicken.

– Benjamin Franklin –

Schön ist alles, was man mit Liebe betrachtet.

– Christian Morgenstern –

An einem **schönen Tag** im Schatten sitzen und ins Grüne sehen ist die schönste Erfrischung.

– Jane Austen –

In jedem Mensch ist **Sonne,** man muss sie nur zum Leuchten bringen.

– Sokrates –

Alles lässt sich ertragen, nur nicht eine Reihe von **schönen Tagen.**

– Johann Wolfgang von Goethe –

Schreiben ist leicht, man muss nur die falschen Wörter weglassen.

– Mark Twain –

Ist der **Schüler** nicht wenigstens die Hälfte des Weges selbst gegangen, so hat er nichts gelernt.

– Sokrates –

Menschen, die wenig wissen, sind oft **Schwätzer.**

– Jean-Jacques Rousseau –

Es ist schön, mit jemandem **schweigen** zu können.

– Kurt Tucholsky –

Des **Schweines** Ende ist der Wurst Anfang.

– Wilhelm Busch –

Eine **schwere Zeit** ist wie ein dunkles Tor. Trittst du hindurch, trittst du gestärkt hervor.

– Hugo von Hoffmannsthal –

Gib der **Seele** einen Sonntag und dem Sonntag eine Seele.

– Peter Rosegger –

Und der Himmel wurde blauer und die **Seele** wurde weit.

– Heinrich Heine –

Wir lagen auf der Wiese und baumelten mit der **Seele.**

– Kurt Tucholsky –

Wer glaubt, etwas zu **sein,** hat aufgehört, etwas zu sein.

– Sokrates –

Sicher ist, dass nichts sicher ist. Selbst das nicht.

– Joachim Ringelnatz –

Nichts in der Welt ist **sicher**, außer dem Tod und Steuern.

– Benjamin Franklin –

Sonne ließ mein Blümlein sprießen,
Wolke kam, es zu begießen.
Jedes hat sich brav bemüht,
und mein liebes Blümchen blüht.

– Heinrich Hoffmann von Fallersleben –

Nichts Süßres gibt es auf der Welt, als der **Sonne** Licht zu schauen.

– Friedrich Schiller –

Es ist ein Brauch von alters her: Wer **Sorgen** hat, hat auch Likör.

– Wilhelm Busch –

Sport stärkt Arme, Rumpf und Beine, kürzt die öde Zeit, und er schützt uns durch Vereine vor der Einsamkeit.

– Joachim Ringelnatz –

Aus den **Steinen**, die einem in den Weg gelegt werden, kann man Schönes bauen.

– Antoine de Saint-Exupéry –

Wir sitzen alle in der Gosse, aber manche von uns schauen zu den **Sternen.**

– Oscar Wilde –

Tatsachen muss man kennen, bevor man sie verdrehen kann.

– Mark Twain –

Wenn der Mensch die **Tiere,** deren er sich sich als Nahrung bedient, selbst töten müsste, würde die Anzahl der Pflanzenesser ins Unermessliche steigen.

– Christan Morgenstern –

Tiere sind meine Freunde, und ich esse meine Freunde nicht.

– George Bernhard Shaw –

Dreimal **umgezogen** ist wie einmal abgebrannt.

– Benjamin Franklin. –

Der Mensch schaut in der Zeit zurück und sieht, sieht, sein **Unglück** war sein Glück.

– Eugen Roth –

Bedenke stets, dass alles **vergänglich** ist, dann wirst du im Glück nicht zu fröhlich und im Leid nicht traurig sein.

– Sokrates –

Man sollte immer **verliebt** sein. Das ist der Grund, warum man nie heiraten sollte.

– Oscar Wilde –

Nichts auf der Welt ist so gerecht verteilt, wie der **Verstand**. Jeder glaubt, genug davon zu haben.

– René Descartes –

Ich kann allem widerstehen, nur nicht der **Versuchung.**

– Oscar Wilde –

Alles, was du sagst, sollte **wahr** sein, aber nicht alles was wahr ist, solltest du auch sagen.

– Voltaire –

Die Flöhe und die **Wanzen** gehören auch zum Ganzen.

– Johann Wolfgang von Gorthe –

Wer nicht liebt **Wein, Weiber und Gesang,** bleibt ein Narr sein Leben lang.

– Martin Luther –

Ich **weiß,** dass ich nichts weiß.

– Sokrates –

Dumme rennen, Kluge warten, **Weise** gehen durch den Garten.

– Rabindranath Tagore –

Wer die **Welt** bewegen will, sollte erst sich selbst bewegen.

– Sokrates –

Die **Welt** ist schlecht. Jede*r denkt an sich, nur ich denk an mich.

– Arthur Eva –

Alle reden vom **Wetter,** aber keiner unternimmt etwas dagegen.

– Karl Valentin –

Ein Mensch sieht ein – und das ist **wichtig**: Nichts ist ganz falsch und nichts ganz richtig.

– Eugen Roth –

Wir können den **Wind** nicht ändern, aber wir können die Segel anders setzen.

– Aristoteles –

Dass man die größten **Wunder** zu Hause erlebt, lernt man erst in der Fremde.

– Wilhelm Raabe –

Nichts ist so sehr für die gute alte **Zeit** verantwortlich wie das schlechte Gedächtnis.

– Anatole France –

Eins, zwei, drei im Sauseschritt läuft die **Zeit,** wir laufen mit.

– *Wilhelm Busch* –

***

Mein Tipp: Wenn Sie zitierfähige suchen, die Sie in einer schriftlichen Ausarbeitung, in einem Vortrag oder bei anderen Anlässen wirkungsvoll einbringen möchten, werden Sie googelnderweise schnell fündig. Fangen Sie einfach gleich mit denjenigen oben zitierten Personen an, die Sie am meisten interessieren, beispielsweise Wilhelm Busch, Benjamin Franklin und Voltaire. Geben Sie die Suchbegriffe *wilhelm busch zitate, benjamin franklin zitate* und *voltaire zitate* ein und wählen Sie diejenigen Zitate aus, die Sie für Ihre Zwecke benötigen. Dann betreten Sie einfach mal Neuland. Geben Sie den Suchbegriffe *albert einstein zitate* und *margaret thatcher zitate* ein. Sie werden erneut schnell fündig.

Wenn Sie ein bestimmtes Thema bearbeiten, zum Beispiel *Frauenemanzipation,* können Sie ebenso vorgehen. Es fallen Ihnen sicher zielführende Suchbegriffe wie *simone de beauvoir zitate* und *alice schwarzer zitate* ein.

Limericks

Limericks sind fünfzeilige Gedichte grotesk-komischen Inhalts. Der englische Schriftsteller Edward Lear (1812 – 1888) gilt als Begründer des Limericks.

Das Reimschema AA BB A ist verbindlich vorgegeben. Ein Limerick kann, muss aber nicht, mit einem reimfähigen Ortsnamen anfangen, zum Beispiel *Westercelle – Dauerwelle* oder *Oberkassel – Kellerassel.* Die letzte Zeile sollte möglichst pfiffig, skuril oder makaber sein.

Hier ist zur Eingewöhnung ein weltbekanntes Paradebeispiel:

There was a young woman of Riga
Who smiled as she rode *(ritt)* on a tiger;
    They returned from the ride
    With the lady inside
And the smile on the face of the tiger.

Während der Coronalockdownphasen habe ich mir englische und deutsche Limericks im Internet angesehen und mich dabei köstlich amüsiert. Versuchen Sie es doch gleich selbst einmal. Surfen Sie einige Minuten lang im Internet. Die Suchbegriffe *english limericks* und *deutsche limericks* ermöglichen Ihnen einen schnellen Einstieg, und später können Sie ganz gezielt vorgehen, zum Beispiel, indem Sie den Suchbegriff *limericks tiere* eingeben. Sie werden sich kranklachen, das ist bekanntlich ja sehr gesund, oder zumindest schmunzeln, das entspannt wie zuvor bereits erwähnt die Gesichtsmuskulatur.

Dumm gelaufen

Eine Amazone aus Riga
Ritt auf einem Tiger.
    An einer Straßenecke
    Fiel sie in eine Hecke,
Und der Tiger war der Sieger.

Sonntagsschmaus

Die arme Kirchenmaus
Ist heute nicht zu Haus.
    Sie ist auf einem Stoppelfeld,
    Isst dort, was ihr gefällt.
Das ist ihr Sonntagsschmaus.

COVID-19

Der Gemeindeschäfer von Oberkassel
Hütet jetzt seine Kellerassel.
    In der Quarantäne
    Vergießt er keine Träne,
Denn seine Kellerassel liebt ihn und sein Gequassel.

Eis am Stil

Ein alter Mann aus Kiel
Aß gerne Eis am Stil.
    Als er am Fenster stand
    Fiel es ihm aus der Hand.
Na, und? Eis am Stil kostet ja nicht viel.

Fingerfood

Ein smarter Segler aus Odessa
Isst ohne Gabel, ohne Messer.
    Und in aller Seelenruh
    Packt er mit den Fingern zu,
Denn so schmeckt es ja viel besser.

Gartenarbeit

Familie Popken aus Pinneberg
Hat 'nen fleiß'gen Gartenzwerg.
    Jede Nacht werkelt der
    Emsig hin und her.
Morgens applaudieren sie seinem Gartenwerk.

Tanzen

Es wollte ein Mann aus Isernhagen
Mit seiner Frau ein Tänzchen wagen.
   Sie tanzten freudig ein Duett
   Auf sehr glattem Parkett
Bis sie schließlich aufeinander lagen.

Torwart

Dem Torwart von Eintracht Celle
Rücken die Stürmer auf die Pelle.
   Doch in aller Seelenruh
   Packt er ganz sicher zu.
Mit seiner Mütze fängt er alle Bälle.

Trinken

Ein alter Mann aus Rheine
Trank Bier und gute Weine.
   Hat jetzt Wasser im Bein.
   Geschehen kann es sein
Beim Zähneputzen alleine.

Wein

Die Weinkönigin von Bordeaux
Lächelt immer froh.
  Sie trinkt sehr gerne Wein,
  Manchmal auch nur zum Schein.
Heimlich gießt sie ihn dann in das Stroh.

Klimawandel

Ein Mädchen aus Schweden
Kann gut Englisch reden.
  Gretas Thema ist das Klima.
  Sie spricht in London und in Lima,
Und mit ihrer Botschaft erreicht sie jeden.

***

Mein Tipp: Nobody is perfect. Versuchen Sie es selbst einmal, Limericks zu verfassen, alleine oder im Familienkreis. Die Hauptsache ist, es macht Spaß. Vielleicht wird das für Sie zu einer coronalockdownstressreduzierenden Beschäftigung und danach zu einem neuen Hobby.
Fangen Sie gleich einmal an:

Ein Italiener aus den Abruzzen
Wollte sich die Nase putzen.

_____

_____

_____

Epilog

Humor ist der Schwimmgürtel des Lebens.

– Wilhelm Raabe –